虹《にじ》の歌

宮下木花　童話集

MIYASHITA KONOKA

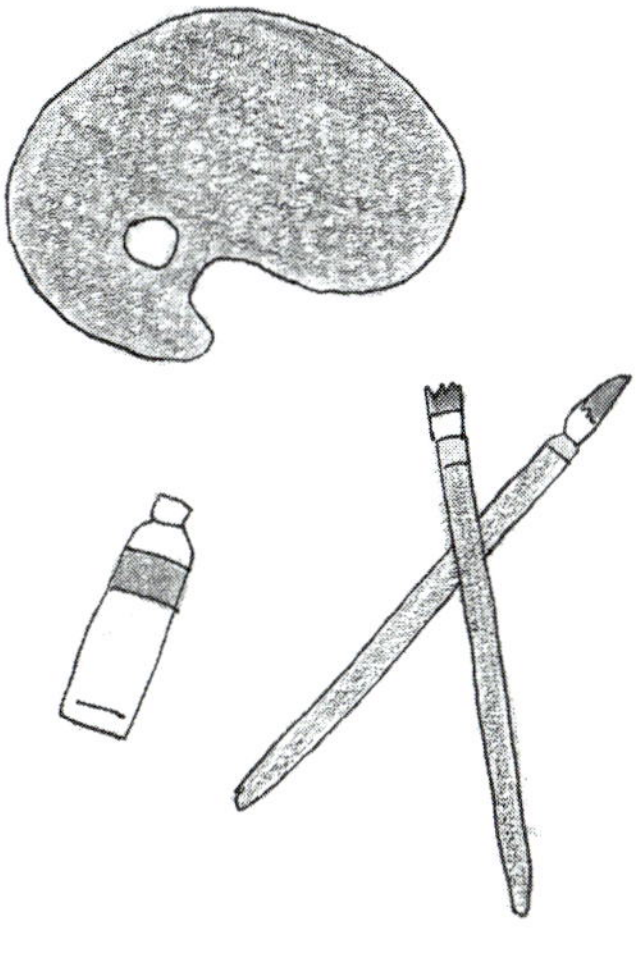

宮下木花　童話集

もくじ

第10回グリム童話賞　中学生以下の部　優秀賞受賞作品
主催　一般財団法人グリムの里いしばし」

おひさまパン

雲ひとつない青い空。パン屋のおじさんにとってはおいしいパンが焼ける日です。

この町のパン屋さんはここしかありません。おじさんがパンを焼き、看板《かんばん》ネコのシルクがおじさんのお手伝いをします。

おじさんのパンは太陽が焼きます。だからこんなにきれいに晴れた日は、おじさんにとって絶好《ぜっこう》のパン日和《びより》なのです。

朝五時、おじさんが起きます。そして、あくびをしながら牛乳を一杯《いっぱい》飲み、顔を洗《あら》ってエプロンを着けます。それから、パン工場の方へ行き、パン生地《きじ》をこねはじめます。この作業がおじさんにとっていちばん疲《つか》れます。その間、シルクはお店のそうじをします。自分のまっしろな毛が落ちないように気をつけながら、ていねいにします。

それがおわると、太陽の熱であたためておいた鉄板の上に生地をのせて、あとは焼くだけです。おじさんのパン工場には大きな虫めがねがついています。その虫めがねで太陽の光をあつめて焼くのです。

おじさんは、パンを焼いている間、読書をします。おじさんの部屋のいちばん太陽の光が当たるところで。こうすると、少しでも太陽を身近に感じることができるからです。シルクもおじさんの近くで、ひなたぼっこをしています。

そろそろパンの香《かお》りがしてきました。おじさんは、手にミトンをはめ、パンの焼けぐあいをたしかめます。そして、おじさんが納得《なっとく》すると、いよいよお店を開きます。いつも、九時ごろには開店しています。

「シルク、開店の準備《じゅんび》をたのむ」

おじさんが声をかけると、どこからともなくネコのシルクが現れました。そして、くびわの鈴を鳴らしながら、店の外にある看板《かんばん》を「CLOSE」から「OPEN」にかえました。シルクは得意《とくい》そうな顔をして、おじさんのところへ戻ります。

「ありがとう、シルク」

おじさんがパンをはこびおわると、お店いっぱいに焼きたてのパンの香《こう》ばしい香りが広がります。

開店すると、お店はすぐに町の人々でいっぱいになります。町の人たちにいちばん人気のパンはおひさまパンです。まるいパンの中におじさんの特製《とくせい》のマーマレードジャムが入っていて、表面にはチョコで、にっこりと笑《わら》う太陽の顔がかいてあります。ほかにも、雲のようにふわふわしたパンや、看板ネコのシルクの形のパンなどもあります。

おじさんのパンは太陽のようなあたたかい味がすると、人々の評《ひょう》判《ばん》がよく、毎日たくさんのパンが売れます。そして、今日も夕方にはすべてのパンが売り切れてしまいました。

そのときでした。お店のドアが開いて小さな女の子が入って来ました。

「おじょうちゃん。もう、今日はお店はおわりだよ」

おじさんが、腰《こし》を低くして、顔を女の子の目の高さに合わせてやさしく言いましたが、女の子は帰ろうとしませんでした。女の子はパンを探《さが》しているのか、しばらくの間お店の中を歩きまわっていました。

しかし、パンがなく、あきらめたのか、出口のところに立ちました。

そして、ドアを開けて帰ろうとしたとき、女の子のお腹《なか》が鳴りました。

おじさんがその音に気づいたとき、女の子はもうお店の外でした。おじさんはあわててお店を飛び出し、女の子をよび止めました。

「おじょうちゃん、お腹《なか》がすいているんだね。パンをあげよう」

女の子は驚《おどろ》いた顔をしましたが、もう一度おじさんと一緒《いっしょ》にお店の中に入りました。

おじさんが用意したパンは、おじさんの夕食のためにとっておいたパンです。雲のようにふわふわしたパンの少し形がくずれてしまっているものです。

おじさんは女の子を高いイスにすわらせ、カップに牛乳を注《そそ》ぎます。そして、女の子の前にパンと牛乳をおきました。女の子はきょとんとした顔でおじさんを見ています。すると、おじさんは「どうぞ」と、にっこり笑《わら》って答えました。

女の子はわきめもふらず、ただひたすらパンにかじりついています。よほどお腹がすいていたんだな、とおじさんは思いました。

そして、女の子は最後《さいご》の一口を食べ、牛乳を飲みほすと、ふうっと息をつき、おじさんを見ました。おじさんはにっこりしています。でも、女の子は高いイスから飛《と》び下りると、足早にお店を出て行ってしまいました。おじさんは少しさびしい気持ちになって、ふと女の子がすわっていたイスに目をやると、何かがあります。小さなペンダントのようです。表面にはやさしそうな顔がほられています。きっと、女の子が忘《わす》れていってしまったのでしょう。

おじさんがそのペンダントを開くと、中は素敵《すてき》な時計でした。大きい針《はり》や小さい針がいくつも回っています。おじさんはその時計をひと目見て、気に入ってしまいました。

しかし、その時計は女の子の忘れものなので、返さなくてはいけないと思い、店先においておくことにしました。あの女の子が忘れものに気づき、また戻《もど》って来るかもしれないからです。お店の明かりもつけたままにしました。

おじさんはねるまでの間も読書をします。おじさんの部屋の窓《まど》ぎわにあるロッキングチェアーに腰《こし》をかけ、ねむくなるまで本を読むのです。月明かりとろうそくの火だけでする読書は、ほどよい明るさで、すぐにうとうととねむくなってしまいます。そして、そのまま本を片手にロッキングチェアーでねむりについてしまいました。

おじさんは不思議《ふしぎ》な夢《ゆめ》を見ました。太陽と話をしている夢です。

「やあ、パン屋さん。さき程《ほど》は太陽族の妖精《ようせい》がお腹《なか》をすかせているところを助けていただいたそうで。ありがとう」

太陽は大きな顔でほほえみながら言いました。

「太陽族の妖精だって？　ああ、あの女の子のことですね。いいえ、私《わたし》は一人でも多くの人に私のパンを食べてもらいたいんです。だから、妖精さんにまで食べてもらえてうれしいのです」

おじさんが幸せそうに話すので、太陽もつられてうっとりと聞いていました。

「そうだったのか。実《じつ》は、あれは私の使いで、あなたにお礼をするために送ったのだ。あなたはいつも、私の光でパンを焼いているだろう。そして、人々が喜んでいる姿《すがた》を見て、すごくうれしい思いをさせてもらっている。だから、お礼がしたかったのだ」

「そんな、お礼なんて……。むしろ、私がしたいくらいですよ」

そうやって、太陽の顔を見て話をしていると、おじさんはあることに気づきました。太陽の顔が、あの女の子が忘れていったペンダントにほられている顔にそっくりなのです。

おじさんは、店先にそれをおいてきたことを忘《わす》れて、どこかにないかと洋服のポケットをさがしました。すると驚《おどろ》いたことに、ズボンのポケットにあのペンダントがあったのです。そして、そのペンダントを太陽に見せながらこう言いました。

「その妖精さんが忘れていったものです。どうぞ、お返しします」

すると、太陽はそのペンダントに顔を近づけ、よく見ました。おじさんは太陽の顔が近づいてきたので、暑くてまぶしくて汗《あせ》をかいてしまいました。そして、太陽が目をまるくして言いました。

「これは、私の光の力で人を笑顔にした数だけ時間がたくわえられ、長生きができる、時計のペンダントだ。実はこれをあなたへのお礼にあげるつもりだったのだ。私《わたし》の力でたくさんの人を幸せにするあなたを見て、一度でいいから会って話をしてみたい、と思っていた。あなたはきっと、この忘《わす》れものを返すはずだと信じていたからね。それ、もらってくれるかい」

おじさんは、太陽の気持ちがうれしくて笑顔《えがお》になりました。

「太陽さん、ありがとう。大切にします」

おじさんの夢《ゆめ》はそこでおわりました。

目が覚《さ》めると明け方の五時でした。おじさんが店へ行こうと階段《かいだん》を下りると、シルクも一緒《いっしょ》についてきました。

お店へ行くと、つけておいたはずの明かりは消えていました。そのまま、きのうの夜ペンダントをおいたところを見ると、やっぱりありました。おじさんはこのペンダントをもらったのです。悪いような気もしましたが、やっぱりうれしくなりました。

おじさんはペンダントを開き、時計を見ました。まだ、きのうのまま時計の針はすすんでいません。

そのとき、東の空が明るくなりました。

「太陽さん！　これからも私《わたし》のパンを人々の笑顔《えがお》にかえるお手伝いをしてください」

太陽はにこにこ笑《わら》いながら、ますます明るくなっていきます。

「もちろん君もね、シルク」

おじさんがシルクを見下ろして言うと、シルクはのどをごろごろ鳴らして、体をすりよせてきました。

空は雲ひとつない青い空。

今日も、おじさんのパン屋さんには太陽のような人々の笑顔があふれることでしょう。

海色タクシー

今日も太陽が笑顔《えがお》を見せ、少年の町でもセミの大合唱《だいがっしょう》が始まりました。

夏休みのある日、少年は水族館へ行く予定でしたが、お父さんが急に会社の仕事で出張《しゅっちょう》してしまい、行くことができなくなってしまいました。

一緒《いっしょ》に行くはずだったお母さんも、夏カゼをひいて、寝《ね》こんでしまいました。

少年は、その日をとても楽しみにしていて、毎日のように魚の図鑑《ずかん》をながめては、水族館で泳ぐ魚たちの姿《すがた》を夢《ゆめ》見ていたのです。

どうしてもあきらめることができなかった少年は、一人で行こうと決意しました。寝ているお母さんに置き手紙を書き、リュックに魚の図鑑、キャンディやスナック菓子《がし》、水筒《すいとう》をつめ、自転車で出発しました。

地図で水族館までの道を確《たし》かめると、力強くペダルをふみこみました。少年は、夏の朝のさわやかな風を切って走っています。

ポケットには、おこづかいと青いミニカーが入っています。そのミニカーは、タクシーの運転手をしていたおじいちゃんに、少年が小さい頃《ころ》買ってもらいました。

おじいちゃんは去年、突然《とつぜん》の病気で死んでしまいました。少年は、そのミニカーを持っていると、やさしかったおじいちゃんと一緒《いっしょ》にいるような気がして、心が落ち着くのです。

それは少年の大切なお守《まも》りでした。

少年は、何か不安なことがあってもそのミニカーにさわると、不思《ふし》議《ぎ》と力がわいてきます。

少年が住んでいる町の外《はず》れにある大きな橋にさしかかったときです。少年の自転車を追いかけ、すごい勢《いきお》いで走ってくる一匹《いっぴき》の犬がいました。

「あ、ピースだ！」

少年はふり返ってそう言うと、ブレーキをかけて自転車を止めました。

ピースは少年の家で飼《か》っている柴犬《しばけん》です。舌《した》を出して、ハアハア息をしています。

「ピース！」

少年が、ピースの名前を呼《よ》ぶと、ピースは少年に飛《と》びついてきました。

少年はピースをとてもかわいがっていて、ごはんをあげたり、散歩《さんぽ》にもよく連《つ》れて行っていました。

ピースは少年が一人で水族館に行こうとしていることに気づいて、リードを引きちぎって後を追って来たのです。

「ピース、おまえも行くかい」

少年がそう言うとピースはうれしそうにしっぽをふって、ワンとほえました。

少年はピースを連れて、目的の水族館をめざして自転車をひたすらこぎ続けました。

ピースと一緒に走っていると、不安な気持ちが消え、一人のときの何倍も楽しい気分になりました。

二人は町を抜《ぬ》け、坂を上り、そして下り、広い野原の大きな木の前を通りかかりました。

「ピース、ここで少し休もう。暑くてのどがかわいただろう」

汗《あせ》だくの少年は自転車を止めると、木の下にピースと並《なら》んで座《すわ》り、水筒《すいとう》の水をピースと一緒《いっしょ》にがぶがぶ飲みました。そして、りんご味のキャンディを口に放りこむと、さわやかな味が口いっぱいに広がりました。

少年は無意識《むいしき》のうちにポケットから青いミニカーを取り出して、小さい頃《ころ》のように動かして遊びました。

ピースは、少年が動かすミニカーをじっと目で追いかけています。

少年のキャンディが口の中で小さくなって全部とけてなくなってしまいました。

「ああ、ぼく、何だか疲《つか》れて眠《ねむ》くなってきちゃった」

少年は大きなあくびを一つすると、木によりかかりました。

気がつくと、どこからやって来たのか、目の前に一台の青いタクシーが止まっていました。

少年がとまどっていると、タクシーの後ろのドアが開きました。少年に乗れと言っているようです。

(自転車でピースと一緒に水族館まで行くのは大変だけど、タクシーなら簡単《かんたん》に行けるかもしれない。お金だってあるし)

少年はそう考え、持ってきたポケットのおこづかいを確《たし》かめました。

「よし、これに乗って行こう。ピース、行くよ、タクシーに乗るんだ」

少年はとなりで寝《ね》ていたピースを起こすと、一緒にタクシーに乗りこみました。

「桜《さくら》ケ《が》丘《おか》水族館まで!」

大きな声で言うと、運転手さんはだまってうなずき、発車させました。

タクシーは、少年が窓《まど》の外の景色《けしき》を見るのにちょうどいい速さで走ります。

野原を出てからしばらくたちましたが、運転手さんはベテランらしく、すごく運転が上手《じょうず》で、少年もピースもいい気分でした。

少年は後ろから見ただけですが、運転手さんのうしろ姿《すがた》は、死んだおじいちゃんに似《に》ているような気がしました。

赤信号で車を止めた運転手さんはふり返って、キャンディがたくさん入ったカゴをさし出しました。ふりむいた運転手さんの顔はおじいちゃんだったので、少年は思わず〝おじいちゃん〟と言ってしまいそうでしたが、口からはちがう言葉が出ました。

「これ、もらってもいいんですか」

運転手さんが笑顔《えがお》でうなずくと、少年も笑《わら》って水色のつつみのキャンディを取りました。そのキャンディを口に入れると、少年が小さい頃《ころ》に海辺《うみべ》の町の夏祭りで飲んだラムネの味がしました。

少年は、そのときはじめて海を見たのです。

その海辺の町には、新しく水族館ができました。

（おじいちゃんが生きていたら、きっとぼくを水族館に連れて行って

くれただろうな)

そんなことを思っていると、急に辺《あた》りの景色《けしき》が変わり、潮《しお》の香《かお》りがしてきました。窓《まど》の外には海が広がっています。

「わぁ、海だ！　ピース、見てごらん、海だよ！」

少年は目を輝《かがや》かせ、ピースを抱《だ》き上げて、窓の外の海に見とれました。

「海にはたくさんお魚がいるだろうな」

少年がわくわくしながら言うと、運転手さんがはじめて口を開きました。

「ぼうや、少しの間、目を閉《と》じて、息を止めていてくれるかい」

少年は、不思議《ふしぎ》そうな顔をしましたが、運転手さんの言うとおりにしました。

窓の外に波の音がしたかと思うと、少年は、体がふわりと浮《う》き、心《こ》地《ち》よい何かに包《つつ》まれたような感覚《かんかく》になりました。

「……目を開けてごらん」

運転手さんのやさしい声とともに目を開けると、窓《まど》の外には魚がたくさん泳いでいました。

タクシーは、潜水艦《せんすいかん》のように海の中を走っているのです。

少年は目をまるくして驚《おどろ》きましたが、すぐに窓の外の景色《けしき》にくぎづけになりました。

「すごい、魚がいっぱいだ！　サケもいるしカツオもいる。こっちには、ブリやアジもいる。あの赤いのはキンメダイだ。あっちでは、あんなに大きなマンボウが泳いでいる。ヒラメとエイがおどっているみたいだ。あ、あそこにはタツノオトシゴや細長いヨウジウオもいる。おもしろい！」

色とりどりの魚、さまざまな形をした、大きな魚に小さな魚、図鑑《ずかん》にものっていないようなめずらしい魚が、次々にタクシーの横を泳いで行きます。少年はそのたびに、楽しそうに声をあげました。

「本物の海の中は、水族館よりもすごいや」

そのとき、突然《とつぜん》あたりが暗くなりました。

タクシーが何かのかげにおおわれているようです。少年は怖《こわ》くなって思わずピースを抱《だ》きしめました。そして、運転手さんがタクシーのスピードを上げて、かげの下から抜《ぬ》け出すと、かげの正体《しょうたい》は大きなクジラでした。

それからタクシーは、イワシの群《む》れと並《なら》んで走り、タコとイカのダンスを笑《わら》いながら見ました。

少年は、どのくらい海の中にいたのでしょうか、気がつくと広い野原の大きな木の下で、ピースと二人で横になっていました。

右手には、青いミニカーを持っています。

空はすっかりオレンジ色です。

「お母さん、手紙を読んで心配しているだろうな。さあ、帰ろう、ピース」

少年は、海の中でたくさん魚を見ることができたので、もう、水族館に行く気はありませんでした。

少年は自転車に飛び乗ると、ピースと並んで走りました。途中《とちゅう》、迷《まよ》ってしまいそうになりましたが、ピースが道を覚《おぼ》えていて、少年の前を走ってくれました。

「ただいま、お母さん。ぼく、ピースと一緒《いっしょ》に水族館に行ってきたよ！」

「そう、よかったわね」

夕方、家に着いた少年が言うと、ごはんのしたくをしていたお母さんがにっこり笑《わら》いながら言いました。カゼはすっかりよくなっているようです。

「それで、水族館はどうだった？」

お母さんが聞くと、少年はおじいちゃんを思い出して言いました。

「夢《ゆめ》のようだった」

少年のにぎりしめているミニカーは、海の色がついたのか、青が濃《こ》くなっているようでした。

虹《にじ》の歌

いじめはエスカレートしてきました

何日間も降り続いていた雨がようやく止み、空に虹が架《か》かったとき、天歌《てんか》は生まれました。母はそのとき、天から流れて来る美しい歌を聞いたといいます。そうして天歌の名前が決まりました。昔、祖母から聞いた話です。

家には、両親がいないので、天歌は祖母との二人暮らしです。

両親は天歌が小さかった頃、離婚しています。そして今、父親は北海道の牧場で働いています。母親はロサンゼルスのレストランで働いていて、めったに帰国しません。

祖父は画家で、何年も前から、絵を描くために山奥の小屋にこもったきり、ずいぶん長い間家に戻りません。

天歌には姉もいますが、結婚して東京に住んでいます。

天歌は、いつものように目覚め、いつものように祖母と朝食を済ませると、ランドセルを背負って学校へ向かいます。今日もまた、天歌にとって憂鬱《ゆううつ》な学校生活が始まろうとしています。

そして、学校に到着するとまず心配になるのは、自分の上履《うわば》きがなくなっていないか、ということです。前に隠されたことがあるので、それ以来、警戒しているのです。

次は階段です。上がるとき、上から来る男子にわざとぶつかられ、落下して足首を捻挫《ねんざ》してしまったことがあるからです。

何事もなく、無事に三階の教室にたどり着きました。天歌は、いつも教室の前に下げてある「六年一組」という札を見るたびに、胃がしめつけられるように痛みます。

大きく深呼吸して心を落ち着かせると、ドアに手を伸ばしました。すると、廊下を歩いている生徒が天歌の方を見てニヤニヤと笑いながら小声でひそひそと喋《しゃべ》っています。天歌は、いつもとはちがう何かが起きるような気がしました。でも、そんなことは気にしていられないので、ドアを開けました。

バフッ。

何かが天歌の頭に落ちて来ました。

教室にいるみんなの視線がドアの近くに立っている天歌に集まり、一瞬にして、ざわついていた教室の空気が固まりました。

何が起こったのか分からない天歌は、頭をかかえてうずくまりました。そして、下を見ると、白い粉にまみれた何かが落ちています。

（黒板消し!?）

天歌は確認するように頭を上げ、みんなの方を見ました。すると、さっきの静かさが嘘《うそ》のように教室に笑い声があふれました。

ある人は天歌を指差し、またある人は手を叩《たた》いて笑っています。教室にいるほとんどの人が笑っていました。しかし、中には小声でひそひそと悪口を言い合う人もいました。

天歌は、頭の中が真っ白になり、逃げるようにその場から立ち去りました。何も考えず、近くにあったトイレに駆け込み、鏡をのぞくと、情けない姿の天歌が映っていました。髪の毛の一本一本が真っ白で、それだけでなく、まゆ毛もまつ毛も鼻の頭も唇《くちびる》も白くなっていました。誰かが、黒板消しにたっぷりとチョークの粉をつけておいたようです。

それに、天歌はその粉を吸い込んでしまい、ひどく咳《せき》こみ、目や鼻の奥までむずがゆくなりました。

キーンコーンカーンコーン。

予鈴《よれい》のチャイムが鳴り、天歌は急いで顔を洗いました。そして、髪の毛や服についた粉を落とそうと、はたいているうちに、我慢《がまん》できなくなって涙がこぼれて来ました。しかし、泣いている場合じゃない、と思った天歌は、まだ粉がついている服の袖《そで》で涙をぬぐうと、急いで教室に戻りました。

キーンコーンカーンコーン。

天歌が教室に戻るとちょうどチャイムが鳴りました。みんなの痛い視線を浴びながらも遅刻をまぬがれた天歌はほっとしました。

天歌がこのようなことをされるようになったのは、五年生の三学期からでした。そして、最近になって、天歌に対するいじめはエスカレートしてきました。

今までは仲の良い友達もいましたが、六年生になってから、急に無視されたり、悪口を言われるようになりました。天歌がいつものように話しかけても、聞こえないふりをして返事をしてくれないのです。

修学旅行の班決めのときも、天歌は今まで仲の良かった友達を誘いましたが、断られてしまいました。天歌は仕方なく仮病を使って修学旅行へは行かず、部屋に閉じこもっていました。頭まで布団をかぶって、声をころして泣いていましたが、祖母の前では心配をかけないようにと明るくふるまっていました。

天歌は誰にも辛《つら》さを分かってもらえず、相談できるような相手もいないので、苦しみや悲しみをためこむようになりました。

そして、いつしか天歌は女子にも男子にも「川村」と呼び捨てにされるようになってしまいました。けれども、それはまだ良い方です。みんなは天歌のことを陰《かげ》で「嘘つき天歌」というあだ名で呼んでいました。休み時間に小耳にはさんで、天歌はそのことを知っていました。

天歌は画家の祖父の遺伝か、小さい頃から絵を描くことが好きで、周りの大人たちを驚かせてきました。

そんな天歌の絵には、ある特徴がありました。それは、牧場で働く男の人の姿とレストランで働く女の人の姿が、多く描かれることでした。女の子の姿もあり、虹が架かる空にはたくさんの音符が散りばめられていました。

天歌はそれらの特徴を持った似たような絵を幼稚園のお絵描きのときから描いていました。そして、小学校一年生、二年生、三年生とだんだん大きくなってからも絵のモチーフは変わりませんでした。

赤い屋根の建物がある広々とした牧場で、男の人が牛の世話をしています。その反対側には、おしゃれなレストランがあって、女の人が料理をしています。空には牧場とレストランをつなぐように、大きな虹が架かっています。その虹の彼方《かなた》からは、綺麗《きれい》なメロディが聞こえてくるかのように、音符がダンスをしています。虹がいちばん高くなったところの真下には、女の子がいて天の歌を聞いていています。天歌の絵に描かれた牧場の男の人は父、レストランで料理をしている女の人は母で、虹の下にいる女の子は天歌にちがいありません。

天歌は絵の中で父と母と一緒に暮らしたいという夢を見続けていました。

祖母は、天歌の絵の価値が分かり、ほめてくれたり、客観的に見て意見を述べてくれます。そんな祖母は天歌に、絵をコンクールに出すことをすすめました。今まで描いてきた絵の中から選び、いちばん良い作品を応募すると、その絵は大人をもおさえて最優秀賞に選ばれたのです。天歌の最年少受賞は、人々を驚かせました。自信がついた天歌はますます一生懸命絵を描くようになりました。そして、今までとはちがった絵も描くようになり、それらもまた、人々を驚かせたのです。

五年生のとき、天歌の絵の個展が開かれました。この頃から天歌は、水彩画だけでなく、油彩画やデッサンも作品として完成させるようになりました。これらの技法を天歌に教えたのは祖父の友人である、画家の菊治清吾《きくじせいご》先生です。先生は絵画教室を開いていて、天歌もその生徒のうちのひとりでした。そして、絵のコンクールでの最年少受賞を果たした天歌へのごほうびとして個展を開いてくれたのが、菊治先生でした。天歌の個展にはクラスの友達や先生も来てくれて、学校内でも有名になったほどでした。

それからも、天歌の絵はコンクールに応募するたびに入賞し、絵の世界にも天歌の名前は知れわたりました。しだいにそれは、マスコミにまで伝わり、天歌には取材の申し込みが殺到《さっとう》しました。祖母はその度に対応して、数多くの記事になりました。天歌の勢いは衰えることなく、ますます加速し、たくさんのファンレターが届いたり、雑誌の誌面を飾ることもありました。

しかし、天歌が絶好調だったのはこの頃まででした。

天歌ちゃんなんて、大っ嫌い！

教室に戻り、後ろのドアから入ると、すでに、担任の紙山《かみやま》先生はもう来ていて、眼鏡をキラリと光らせて言いました。

「川村さん、遅刻です。チャイムはもう鳴り終わりましたよ。早く席に着きなさい！」

天歌は青筋を立てて怒鳴る先生に、目で訴えようとしましたが、先生は天歌の不自然な状態に気づきませんでした。

この先生は、若くて美人なので、とても印象は良いのですが、どんなことにも厳しく、怒り始めるとなかなか機嫌が治らないので、授業も乱暴になることから生徒からは好かれていません。

「……はい」

天歌は静かに返事をすると、音を立てないように気をつけながら慎重に席に着きました。

天歌の席は後ろの方だというのもあってか、髪の毛がチョークで真っ白になっていることに先生は気づきませんでした。天歌も、これ以上先生を怒らせないようにと、気配《けはい》を消すようにして、できるだけ目立たないようにしていたからかもしれません。

仲子《のぶこ》は、そんな天歌の姿をニヤリと笑って満足そうに眺めていました。

今まで天歌と仲が良かった仲子は、絵に夢中の天歌とは話が合わなくなり、冷たい態度をとり、天歌のことを避けるようになっていました。

天歌の絵がマスコミに取り上げられて有名になり始めると、最初は一緒に喜んでくれていた友達も、陰で天歌のことをねたむようになりました。天歌のことを悪く言う者もいましたが、いつも仲子が励ましてくれたので、天歌はまったく気にしていませんでした。むしろ、天歌が新聞や雑誌に載るたびに、仲子は自分のことのように喜んでいました。

ところがある日、仲子は悲しみに包まれていました。なぜなら、飼い犬のコタロウが交通事故にあって死んでしまったからです。天歌は仲子の家に遊びに行くたびに、一緒にコタロウと散歩をしたり、ボールで遊んだりしたので、コタロウは天歌にもなついていました。それを知っていた伸子はこのことを天歌に伝えた方が良いと考え、翌日、天歌に話しかけました。

「天歌ちゃん、あのね、コタロウが……」

しかし、それをさえぎるように天歌が目を輝かせながら言いました。

「伸子、大ニュース！　実は、また雑誌に載るんだけど、今度はお友達も一緒にって言われているんだ。だからさ伸子もどう？」

伸子は、自分の話を聞いてくれないので、悔しくて泣きそうになりました。そして、目にいっぱい涙をためて言いました。

「私は、いいよ……。迷惑になるし」

「そっか……。で、何？　伸子、コタロウがどうしたの？」

「もう、いいよ！」

天歌のけろっとした態度に我慢しきれなくなった伸子は、そう言い放つと走って行ってしまいました。

「待ってよ、伸子！」

その場にとり残された天歌は、頭の中が混乱して、伸子を追いかけることができませんでした。

二人は、二、三日口をききませんでしたが、天歌は仲子の母親からコタロウのことを聞かされてから、すぐに仲子に謝りました。仲子はすんなりと天歌のことを許し、二人の心のすれちがいは解決しました。しかし、この件をきっかけに、二人の友情にひびが入り始めたのです。

天歌への「いじめ」の原因となったことが他に一つあります。ある日、天歌は仲子と他の二人の友達で映画を見に行く約束をしていました。しかし天歌は、締め切りが間近のコンクールへ出す絵を描くことに夢中になって、待ち合わせの時間を二時間過ぎても、絵を描く手を止めませんでした。そして、仲子からの電話で、ようやくそのことに気づき、あわててかけつけたのです。が、そのときにはもう映画の上映時間を過ぎており、映画を見ることができませんでした。天歌は、「これでもか」というほど必死で謝りました。一応は、みんなが許してくれたものの、四人は気まずい雰囲気で、映画の代わりにショッピングモールを見て回りました。

そして、天歌と家が近い仲子は、一緒に帰る道の途中で言いました。

「天歌ちゃんって、私たちと遊ぶよりも、絵を描いている方が楽しい？」

「・・・・・・・」

仲子の厳しい質問に、天歌は黙りこんでしまいました。

「答えてよ！　ちょっと有名になったからって調子に乗らないでよ！　友達は友達でしょ。約束くらい守ってよね。……約束が守れないのに友達って言える？」

「ごめん……。でも、今日は締め切り前で忙しくて……」

「言い訳なんて聞きたくない！　映画が見たいって言ったのも天歌ちゃんじゃない！　だったら締め切り前には仕上げておけばよかったじゃない！」

　伸子はずっとためていた毒を吐き出すように早口でまくしたてます。

「それに、前に私に絵をくれるって言ったよね。私、ずっと楽しみにしていたのに、いつになってもくれないし」

「それは、ちょっと忘れていただけで……」

「天歌ちゃんは嘘つきだね。私、嘘つきなんかと友達でいたくない！」

「そんな……、ずっと親友だって言ってくれたのに……」

　天歌は伸子の勢いに押されてだんだん声が小さくなります。

　そして、伸子は我慢していたものが一気にあふれ出したように、泣きながら言いました。

「天歌ちゃんなんて、大っ嫌い！」

　伸子はそう言い放つと、家の方へ走って行ってしまいました。

その場に残された天歌は、頭が混乱して、ただぼう然と立ち尽くすしかありませんでした。

（あんな仲子、はじめて見た）

天歌はあまりのショックで、ふらふらした足で家に帰りました。

廊下に立っていなさい

授業中も天歌への「いじめ」は行われています。その一つといえるのが手紙です。クラス全員が共犯者となり、悪口を書いて回し合うのです。手紙は、先生の目を盗んで、ばれないようにこっそりと回されます。しかし今日は、誰かが手紙を回そうとした瞬間、先生がちょうどこちら側にふり返りました。もちろん先生はそれを見逃しませんでした。

「今、わたそうとしたものは何ですか」

先生は静かな教室の中を、手紙を持っている男子のところまで歩きながら言いました。

「これは、さっき川村さんからわたされて、となりの人に回せと言われました」

すると、先生の視線は天歌の方に向きました。先生は、天歌をにらみながら、厳しい口調でこう言いました。

「川村さん！　あなたは今朝といい今といい、反省しているのですか！」

「・・・・・・」

「放課後、教室に残りなさい」

先生が一言そう言うと、天歌はうつむいていた顔をぱっと上げました。

「先生！　私は何も関わっていません。手紙の中身だって知りません。信じて下さい！」

天歌の必死の弁解に、教室のどこからか、クスクスと笑う声が聞こえます。

「川村さん、もういいです。あなたはこの授業が終わるまで廊下に立っていなさい」

先生に言われたら最後、逆らうことなどできません。

天歌はゆっくりと立ち上がると、仕方なく廊下に出て行きました。廊下の空気は教室とはちがって澄んでいて、天歌の気持ちも徐々に冷静になっていきました。

（どうしてこんなことになってしまったんだろう）

テレビに出るって本当？

天歌が伸子とけんかしてから、また、天歌にテレビの取材の話がありました。祖母がいつものように対応して、テレビ局の人がすぐに来ることになりました。

「おばあちゃん、もう私、取材受けたくない。絵もとうぶん描きたくないよ」

そう言い張る天歌に、祖母はとまどいました。

「どうしたの、突然。天歌には友達もたくさんいるし、ファンの人達だっているじゃない。みんなの期待を裏切るようなことはしないでちょうだい。あなたはもっと自信を持っていいのよ」

「いやなものはいやなの、自信なんて持てない」

「そこを我慢するのよ。今までもそうしてきたじゃない」

二人がそんなことを言い合って一時間が経った頃、テレビ局の人が来ました。スカイブルーのBMWを運転して来た彼は、アメリカのニューヨーク支局に十二年いたそうで、「アメリカ」とか、「ニューヨーク」とかいう英語の発音がすごく良いので驚きでした。

祖母はすっかり舞い上がってしまい、取材と関係ないことばかりきいていました。

「今までに会った女優さんの中でいちばん綺麗だったのは、正直誰なんですか」

「吉永小百合《よしながさゆり》さんですかね」

それから、彼が関西出身だということを知った祖母は、お笑い芸人の話を始めました。二人はよく笑っていましたが、天歌は少しも楽しくありませんでした。

テレビ局の男の人は、話がおもしろく、スラリと背が高いので、天歌も気に入っていいはずですが、気に入ったのは祖母だけでした。

「天歌さんが絵を描き始めたのは、いつ頃ですか」

「幼稚園の頃からです」

「きっかけは何ですか」

「絵を描くことが好きだったからです」

テレビ局の男の人は、カメラを回しながら天歌にインタビューします。天歌は質問に対して無表情で淡々と答えていました。それはまるで、教科書を音読しているようでした。

「絵を描くのは楽しいですか」

「はい、いやなことを忘れるくらい楽しいです」

今までの新聞雑誌の取材でも似たようなことを聞かれたので、天歌は何も考える必要がなく、スラスラ答えられました。

「天歌ちゃん、もっと笑顔で答えられるかなあ？　表情がカタイなぁ」

男の人はカメラを回しながら天歌に言いましたが、天歌の顔は表情のないお面のようで、うまく笑顔をつくることができませんでした。

それから外へ出て、天歌が庭の花だんをスケッチしているところを撮りました。

テレビ局の人は天歌のテクニックに驚き、感心していましたが、天歌にとっては少しの気持ちも入っていない「ただの絵」でした。

天歌には、ただ綺麗なだけの絵なんて、何も考えずに手先だけで簡単に描けるのです。

ひととおり取材が終わり、テレビ局の人は帰って行きました。

天歌は疲れて自分の部屋に閉じこもっていました。

コンコン。

祖母が天歌の部屋のドアを叩きました。

「天歌、入るよ」

部屋の中で天歌は布団を頭までかぶっていました。そして顔だけ出して言いました。

「おばあちゃん、何？　また取材だったら、もういやだからね」

「ちがうのよ、天歌。さっきは無理に取材を受けさせてごめんね。天歌の気持ちも考えずに」

「別にいいよ。でも、これ以上はもう受けないからね」

そう言うと、天歌はまた布団をかぶり、それきり話さなくなりました。

祖母は黙って部屋から出て行き、今度は何かを持って戻って来ました。

「天歌、少し起きてみない？　ホットミルク持って来たんだけど」

「いらない、あっち行って」

「・・・・・・・」

しばらく沈黙が続き、ホットミルクからは湯気が出てました。そして、祖母が切り出しました。

「じゃあ、ホットミルクはここに置いておくね。冷めないうちに飲んで。おばあちゃん、スーパーに行ってくるから」

そう言って祖母は静かに部屋を出て行きました。祖母がいなくなって少ししてから、天歌はゆっくりと起き上がりました。

そして、祖母が置いていったミルクを少し口に含みました。時間が経っておいしいとは言えない温度のミルクをゆっくり飲み込むと、天歌は気持ちが落ち着いたのか、少し満足そうな顔をしました。

窓の外は、昼間まで晴れていた空を灰色の雲がおおい、しばらくして大粒の雨が降り出して来ました。

（そういえば、おばあちゃん、スーパーに行ったんだ。雨がすごくて心配だな）

そんなことを思った天歌は、祖母の分の傘を持つと、どしゃぶりの中をスーパーへ向かって歩き始めました。

スーパーの前の信号は、青信号が点滅しています。天歌が立ち止まると、向こう側の人たちも次々に止まっていきます。その中には、頭にタオルをかぶった祖母の姿がありました。祖母のタオルは水を吸い込んで、色が変わっていました。

信号が赤から青になると、止まっていた人々は一斉に歩き出しました。

天歌は祖母を目で追いながら、わたらずに待っていました。ようやく天歌に気づいた祖母は、こちらに視線を向けてきます。

「天歌！」

横断歩道をわたり終えた祖母は、すぐに天歌のもとへかけ寄りました。

天歌は祖母に傘をわたしました。雨はますます強くなり、一向に止む気配はありません。

「天歌、迎えに来てくれたんだ。ありがとう。すごい雨ね」

祖母は天歌にわたされた傘を開きながら言いました。

天歌は、荷物を半分持ち、祖母のとなりを歩きながら言いました。

「おばあちゃん、さっきはあんなこと言ってごめん。私、考え直したよ。やっぱり絵を描く。それに、おばあちゃんが喜んでくれるなら、取材も頑張るから」

「それはよかった。それでこそ私の孫だね。今晩は天歌の好きなカレーだよ」

天歌にはまだ少し、気の迷いがありましたが、祖母を安心させることができてほっとしていました。

その日の夜から早速、天歌は絵を描き始めました。それは、取材のときとはちがい、心をこめて一生懸命描きました。

それから数日後、この前のテレビ局の人が再びやって来ました。今度はおみやげにショートケーキを持って来てくれました。

この前撮ったインタビューのときの天歌の表情が固すぎるので、もう一度撮り直したいというのです。

「天歌ちゃん、今度は笑ってね」

そう言われた天歌の表情は、自然な笑顔で、テレビ局の人も満足しているようでした。

「天歌さんのインタビューが放映されるのは七月の十一日です。良く仕上がっていると思いますので、ぜひ楽しみにしていて下さい」

テレビ局の人はそう言い残して帰って行きました。

「今日が六月二十四日だから、七月十一日は、一、二、三、四……、十七日後ね」

祖母は楽しみで仕方がないらしく、カレンダーの七月十一日のところに赤いペンで丸をつけました。

天歌も今度のインタビューは一生懸命答えたので、放映されるのが楽しみでした。

そしてついに、七月十一日がやって来ました。

その日の朝、天歌はうきうきした気分で学校へ行きました。

「仲子、聞いて聞いて。私、今日テレビに出るんだよ」

「・・・・・・・」

仲子の反応を見た天歌はしまった、と思いました。仲子とけんか中だということをすっかり忘れていたのです。

仲子は天歌のことをにらみつけると、教室を出て行ってしまいました。

しかし、その仲子の反応とは逆に、天歌の話を聞きつけた人が集まって来ました。

「天歌ちゃん、テレビに出るって本当？　ねえねえ、くわしく教えてよ」

天歌は困ってしまいました。でも、教えないわけにはいかないので、苦笑《にがわら》いで答えました。

「この間、うちにテレビ局の人が来てね、いろいろ聞かれたんだ。ちょっと緊張したけどうまく喋れたよ」

あちこちから、「へぇー」と感心する声や「何時ごろ出るの」という質問の声が聞こえました。

天歌は伸子が気になって、伸子のことを目で探すと、この間、映画を見に行く約束をしていた二人とお喋りしていて、天歌の方へは見向きもしませんでした。

キーンコーンカーンコーン。

「とにかく、今夜七時テレビを見てね」

天歌がみんなにそう言うと、ちょうど先生が教室に入って来ました。先生は、チャイムが鳴っても騒がしい生徒たちに向かって大きな声で言いました。

「早く席に着きなさーい。出席をとるから静かにしてー」

先生の一声でざわめきが少し落ち着いたところで、先生は出席をとり始めました。

「鈴木さん」

「はい」

「川村さん」

「はい」

「あ、そういえば、川村さんは今夜テレビに出るんだってね」

天歌は恥ずかしくて、下を向いてしまいました。先生も知っているのだと分かって、なんだか世界中に知れわたってしまったような気がしたからです。

「先生、何で知っているのですか」

天歌のとなりの席の男子が言いました。

「今朝、川村さんのおうちの人から電話があったんです。みなさんも、もう知っているのですか」

「知ってまーす」

さっき、天歌の周りにいた子のうちの何人かが答えました。

（もう、おばあちゃん！　余計なことしないでよ！）

天歌はますます恥ずかしくなり、それと同時に祖母に腹が立ちました。

祖母は、孫がテレビに出ることを周りの人に黙っていることができず、学校や近所の人に電話してしまったのです。それほど天歌のことが自慢だったのです。

昼休み、伸子は、この間天歌と映画を見に行く約束をしていた美里《みさと》とめぐみを呼び、天歌の方をチラチラ見ながら、何か話していました。天歌はそんな三人を見て、何か不吉なことが起きる予感がしました。

テレビの放映が待ち遠しくて長く感じられたその日も、やがて日が落ち、夜になりました。

祖母は早めに夕食の準備をしました。献立《こんだて》は、鰯《いわし》の蒲焼《かばや》きにほうれん草のおひたし、それに豆腐《とうふ》となめこのみそ汁とご飯です。

テレビはすでにつけてあり、チャンネルも合わせてあります。

『ニュース7《セブン》』はまもなく始まります。天歌が出るのは、その番組の「夢きらめく」というコーナーです。

天歌と祖母が食卓に着くと、七時になり、ニュースが始まりました。まず最初に、男のアナウンサーがまもなく行われる参議院議員の選挙について長いこと喋りました。続いて女のアナウンサーが昨日起きた殺人事件のニュースを読みました。それから、外国のニュース、スポーツのニュースなど、色々なニュースが放送されました。

天歌と祖母はそれらのニュースが読まれている間、ずっとうわのそらでした。二人とも今か今かと「夢きらめく」のコーナーを心待ちにしていたのです。

「おばあちゃん、この番組って、一時間だよね」

「うん、そうだよ」

「そろそろだよね、あのコーナー」

「そうだと思うけど……」

天歌と祖母は緊迫《きんぱく》した空気に包まれました。

そして、番組開始から四十分が経過しました。ここで、昨日起きた殺人事件の犯人が逮捕《たいほ》されたという速報が入って来ました。いつもなら「夢きらめく」の時間です。

「あれ？　おばあちゃん、「夢きらめく」が始まらないね。どうしたんだろう」

「大丈夫《だいじょうぶ》、この後すぐに始まるよ」

二人はとっくに夕食を食べ終え、そんなことを言いながらテレビに集中していました。

しかし、事件が大きかっただけに、速報だけでなく、事件関係のＶＴＲがいくつか流されました。

そして、残り時間十分というところで、事件のニュースは終わりました。

天歌と祖母はうれしそうに顔を見合わせました。

「続いて、天気予報です」

アナウンサーがそう言うと、二人は今度は驚いた顔をして再び顔を見合わせました。

天気予報が終わると、エンディングが流され、『ニュース7』は終わってしまいました。

「え⁉」

天歌と祖母は驚きを隠せず、思わず声をあげてしまいました。そして、祖母は大あわてでカレンダーを確認し、天歌は番組表を調べました。

「おかしいな、今日はたしかに七月十一日の水曜日だし……」

「チャンネルと時間もまちがいないし……」

二人は首をひねってばかりいます。

突然、祖母が立ち上がって言いました。

「テレビ局の人に電話して聞いてみようか」

「おばあちゃん、そうしてくれる？」

祖母は自分からそう言いましたが、また座りこんでしまいました。そして、大きなため息をついて言いました。

「何だか私、不安になってきたよ。もう少しして、気持ちが落ちついてからしてみるね」

祖母は学校や近所の人など、ありとあらゆる知り合いに孫自慢して、天歌がテレビに出ることを言いふらした手前、立場がありませんでした。大嘘をついたことになるのです。

祖母は気持ちを持ち直し、覚悟を決めて立ち上がると、ふるえる手で受話器に手を伸ばしました。すると突然、電話が鳴りました。

祖母はもちろん、天歌もびっくりしました。祖母はおそるおそる受話器をとると、耳にあてて言いました。

「もしもし、川村でございますが」

「あ、もしもし、天歌さんのおばあさまですね。私、この間取材にうかがったテレビ局の者ですが」

「今、電話しようと思っていたんです」

「ああ、そうでしたか。まことに申し訳ございません。今夜放映するはずだった天歌さんの「夢きらめく」の件ですが……、速報が入ってしまい中止ということになりました」

「え⁉」

祖母は驚きのあまり声を上げました。

「二度も取材をお願いしたのに、本当に申し訳ありません」

「では、いつ放送されるのでしょうか」

祖母は怒りをおさえるように、ゆっくり丁寧《ていねい》に聞きました。

「はぁ、それが今後も番組の予定がございまして……。その予定を変更する訳には……」

「と、いうことはボツということですか！」

「大変申し訳ございませんが、そういうことになってしまいます」

「そうですか……」

「まことに申し訳ございません」

「・・・・・・」

「それでは失礼致します」

祖母は電話が切れたのに受話器をにぎりしめたまま、気が抜けたようにしばらくその場につっ立っていました。

「おばあちゃん、残念だったね」

天歌は電話での二人の話を聞いていて、肩を落としていました。

祖母は天歌以上にショックを受けていて、この日を境に祖母の体の調子は悪くなって行きました。

このままでは、天歌も祖母も嘘つきということになってしまいます。

（明日、学校でみんなに合わせる顔がないよ。どうしよう）

天歌は自分の部屋でしばらくの間ボーッとしていましたが、正直にみんなに話せば許してくれるかもしれないと考え、気持ちを落ち着かせることができました。

次の日、いつものように教室に入ると、天歌に視線が集まりました。

「おはよう……」

天歌はドキドキしながらみんなにあいさつしました。

すると、天歌に向けられていた視線が一斉にそらされました。

天歌はそんなみんなの変化を感じつつ、かまわず自分の席に向かって歩き出すと、周りにいた人たちが、両側によけ、離れて行きました。天歌の席の手前には、伸子が人を馬鹿にしたような笑いを浮かべて立っていました。

天歌はひるまずに声をかけました。

「伸子、おはよう」

静かな教室に天歌の声が響きました。

「フン、嘘つき」

伸子はそうつぶやくと、天歌の椅子を蹴《け》って自分の席に戻って行きました。近くには、美里とめぐみがくっついています。

天歌は、今までとはちがう仲子の態度にとまどいながらも、自分の席に着きました。

そこへ、昨日、天歌がテレビのことを話した人たちがやって来ました。

「ねぇ、天歌ちゃん、テレビに出るのって、昨日の夜七時だったよねぇ」

「……うん」

天歌は申し訳なさそうに静かにうなずくと、集まって来た人たちは口々に色々なことを言い始めました。

「俺、昨日テレビ見たけどさぁ、川村出てなかったじゃん」

「自分が人気あるところを見せたかっただけなんじゃないの」

「本当に取材受けたのかよ。実は嘘なんじゃねぇの」

天歌はみんなに責められて、泣きそうになりました。

（本当のことを言わなくちゃ）

「じ、実は……」

天歌が言葉を発すると、みんなのお喋りはぴたりと止み、静かになりました。誰もが天歌の方を見ています。

「あのね、昨日事件の速報で……」

「こんな奴の言うことなんて、聞かない方がいいよ！」

天歌が必死で説明を始めると、伸子が口をはさんで来ました。みんなの視線が伸子へと移ります。

「こいつは、前にも嘘ついたんだよ」

近くにいた美里が言いました。

「信用できないよ、天歌だけは。嘘しか言わないからね」

めぐみもすごい迫力です。

そして、伸子が天歌の席にじりじりと近づきながら言いました。

「こいつは約束は守らないし、少しくらい絵がうまいからって調子に乗ってんだよ！」

伸子は天歌の机を思い切り蹴ると、すごい目つきでにらみつけました。

「嘘つきの近くにいると嘘つきがうつるよ。みんな、行こう行こう」

伸子はそう言うと、美里とめぐみを引き連れて、窓ぎわでお喋りを始めました。

(伸子、前はあんな子じゃなかった)

六年一組は、もはや伸子の手の中にありました。

その日は一日中、クラスがそわそわしていて、落ち着かず、授業に身が入りませんでした。

天歌はうつむいて、歯をくいしばったり、手の甲をつねったりして泣くのをこらえていました。

家に帰ると、祖母は具合が悪く、寝こんでいました。

普段から孫自慢で、天歌が生きがいだった祖母は、近所の人に顔向けできなくなってしまい、できるだけ外出をしないようにしていました。そうしているうちに体調をくずし、寝ていることが多くなってしまいました。

いいかげん反省しましたか

「この授業が終わるまで、廊下に立っていなさい」

紙山先生にそう言われた天歌は、一人で廊下に立っていました。

キーンコーンカーンコーン。

チャイムが鳴って、授業が終わると、先生が教室から出て来ました。

「川村さん、反省はできましたか」

「・・・・・・」

天歌はこぶしをギュッとにぎりしめ、黙っていました。

「それなら次の授業の間も立っていなさい」

「・・・・・」

天歌は何も答えず、じっと立っていました。

(廊下の空気は、なんてすがすがしいのだろう。教室にいるよりも、ずっといいや)

廊下はとても気持ちが良かったので、天歌にとってこの罰《ばっ》は苦になりませんでした。

先生は授業が一つ終わるたびに教室から出て来て言いました。

「川村さん、いいかげん反省しましたか」

「・・・・・・」

そのたびに天歌は泣きそうになるのをぐっとこらえ、黙っていました。

「強情な子ね、頭が冷えるまで立っていなさい」

先生はそう言って、また教室に戻りました。

「あいつ、嘘をつきとおすつもりだぞ」

「やっぱり馬鹿なんだよ」

「先生に反抗するなんて、いい度胸よね」

教室でみんなが口々に言う声がかすかに聞こえました。

天歌はふくらはぎが固くつっぱり、腰が痛くなるのを我慢して、その日は一日中、廊下に立っていました。

放課後、クラスのみんなが帰ると、先生が言いました。

「川村さん、教室に入りなさい」

天歌は先生の顔を見たくなかったので、うつむいたまま教室に入りました。そのとき、先生はようやく天歌の異変に気づきました。

「川村さん、どうしたの？　髪の毛についている白い粉……。まさか、チョーク⁉　これ、誰にやられたの？」

先生ははじめて天歌に優しい言葉をかけました。

しかし天歌は、歯をくいしばって泣くのを我慢しながら言いました。

「……いいえ。これは、朝、黒板消しをそうじしたときに、転んでしまってこうなりました」

天歌の嘘にはかなり無理がありました。しかし、先生はすんなりと信じてしまいました。

「あら、そうなの。朝からそうじなんて感心ね」

先生は、朝からそうじをしていたということで、天歌を許してくれました。

（やっぱり私は嘘つき天歌だわ）

天歌は内心、先生にいじめに気づいてほしいと思っていて、嘘をつきました。先生ならば、嘘を見抜いてくれると思ったからです。天歌の嘘を簡単に信じてしまった先生では、信用できません。天歌は今後、どんなひどいいじめにあっても、この先生にだけは相談しないと決心したのです。

筆箱を盗んだのはあなたですか？

次の日、天歌はその方が安全なので、クラスで一番早く登校しました。それでもう黒板消しをしかけられることはありませんでした。

しかし、別の事件が起こりました。

それは、昼休みが終わったときでした。授業開始のチャイムとともに、先生が教室に入って来ました。それにも関わらず、席に着かないでロッカーの側でうろうろしている人がいました。

背が低くておとなしい前園さんという女の子です。

「前園さん、何をしているのですか。早く席に着きなさい！」

先生は機嫌が悪く、厳しく怒鳴りました。

「あの、私の筆箱が昼休みの間になくなってしまって、探しても見つからなくて……」

前園さんは泣きながら言いました。

すると先生は目の色を変えて言いました。

「誰かの持ち物に紛れこんでしまった可能性があるわ。みんな自分の持ち物を確認しなさい」

そのとき、前園さんの親友の相澤さんが手を挙げました。相澤さんも前園さんのようにおとなしくて、赤いフレームの眼鏡をかけている頭の良い女の子です。

「相澤さん、何か？」

先生に差された相澤さんは椅子の音を立てながら立ち上がりました。

「あ、あの、私見たんです。昼休み、みんなが外に出て、私は読書をしていたのですが、川村さんも教室にいて、そのとき見たんです。川村さんが前園さんの筆箱を盗むところを」

相澤さんが話し終わると、天歌の近くの席の男子が立ち上がって言いました。

「先生！　こいつのバッグの中、怪しいです。調べてください」

すると、教室がざわざわと騒がしくなりました。

「私、盗んでません！」

天歌が叫んでも、先生は天歌の席まで行き、バッグをとり上げると、中を調べ始めました。

そして、中から何かをとり出しました。

先生はそのまま前園さんのところへ行くと、手に持っているものを見せながら言いました。

「この筆箱、前園さんのものですか」

前園さんはゆっくりとうなずきました。

その瞬間、天歌の近くの席の人たちが、口々に言い始めました。

「嘘つき」

「ドロボー！」

「やっぱりあいつか」

天歌は耳をふさぎたくなりました。

「静かにしなさい！」

先生が怒鳴ると、教室は一瞬にして静まりました。

「川村さん、私は人を疑うことは嫌いですが、質問します。前園さんの筆箱を盗んだのはあなたですか？」

先生は冷静に落ち着いて言いました。

天歌はとっさに色々なことを考えました。

(今、私が盗ってないって言えば、また嘘つきって言われる。盗ったって言えばドロボーって言われる。どっちにしても、助かる方法はないんだ。でもたぶん、盗ってないって言っても、先生は信じてくれないだろうな)

天歌は悩んだ末、言っていました。

「私が、盗みました」

天歌は我慢しているつもりが、涙があふれ出て来てしまいました。悔しくて唇をかみしめながら視線を上げると、その先には伸子の姿がありました。伸子は人を馬鹿にしたような笑い顔で天歌を見ています。

天歌はあることに気づいてハッとしました。

(これは、伸子の策略だったんだ。どうして今まで気がつかなかったのだろう。伸子、前はあんな子じゃなかった。誰にでも優しい私の自慢の親友だったのに……)

天歌はそう思うと怖くなって、頭をかかえ、座りこんでしまいました。

すると紙山先生は何も言わずに天歌を立たせると、前園さんと共に校長室へ連れて行きました。

天歌は校長先生の前で前園さんに謝らされ、反省文を書かされました。

「今度また、このようなことがあれば、それなりの処置をします」

校長先生は怖い顔で厳しく言いました。

キーンコーンカーンコーン。

学校が終わると、天歌はうなだれて家に帰りました。そして、何かにとりつかれたように、おこづかいを持つと、近くのスーパーへ向かいました。

天歌はふらふらと家庭用品売場へ行くと、刃のとがった包丁を手にしました。よく切れそうな鋭い包丁をレジの人にわたすと、その行動を不審に思ったのか、声をかけられました。

「君、小学生だよね？　おうちの人は？」

「いません。一人で来ました」

「それじゃあ、おうちの人と来なさい。商品はとっておくから」

レジの人に言われると、天歌はあきらめてふらふらと帰って行きました。

死んだ方がマシなのかも……

この事件があった翌日から、天歌は無断で学校を欠席するようになりました。

天歌が休み始めて三日目、明日は金曜日です。もちろん学校へは行かないつもりでした。

水を飲もうとして二階の自分の部屋から下りてきた天歌は、留守電にメッセージが入っていることに気づきました。祖母は病院に行っていていないので、天歌はそれを聞くことになりました。

「こんにちは、天歌さんの担任の紙山です。川村さん、体の具合はどうですか。みんな心配しています。早く治して、元気に登校して来てください。待っています」

天歌はドキッとしました。みんな心配しているなんて嘘だと思ったからです。でも、もしかすると……。うすうす、そんなことも考えていました。

(明日……。明日は行ってみようかな)

天歌はその夜、少しだけ期待して眠りにつきました。

明け方、夢を見ました。

天歌が朝、教室に入ると、クラスのみんなが笑っています。それも、馬鹿にするような笑いでなく、本当の笑顔でです。伸子も美里もめぐみも、前園さんと相澤さん、他の男子も女子もみんなにこにこ笑っています。

天歌にはそれがぶきみに思えて、びくびくしていました。

（嘘でしょう?）

天歌はそう思って、立ったまま動かないでいると、次々に声をかけられました。

「天歌ちゃん、おはよう」

「川村さん、よく来たね」

「はよっ!」

天歌は一瞬、信じられなくて目をまるくしましたが、すぐに不安がとけ、あいさつを返しました。

「みんな!　おはよう!」

天歌はここで目が覚めました。うれしさで心臓が高鳴っています。

（いい夢だったなぁ。これが正夢《まさゆめ》だったらいいのに）

天歌は、いい気分で、プラス思考になっていました。

（今日は、学校へ行ってみよう。もしかすると、クラスのみんなが笑顔で迎えてくれるかもしれない）

天歌はうきうきして、軽い足どりで学校へ向かいました。

（何だか、教室に入るのがちょっと楽しみ）

そう思って、深呼吸をひとつしてドアを思い切り開き、勇気を出して言いました。

「みんな、おはよう！」

教室はしんと静まりかえり、天歌の心臓の音が教室のみんなにも聞こえてしまうほどでした。

「おまえ、調子のってんじゃねーよ」

その沈黙を破ったのは伸子でした。そして、それに続いてめぐみも言いました。

「みんなー、川村天歌ちゃんが来てくれたよー」

すると、火がついたように、みんなが口々に言い始めました。

「また、ドロボーしに来たのかよ」

「ちがうよ、しかえしに来たんだよ」

教室中がざわざわしていましたが、前園さんと相澤さんは、いつものように窓のそばで静かに見ていて、天歌に何か言いたそうでした。

天歌はひどくショックを受けましたが、こんなことは慣れっこです。これぐらいでめげる天歌ではありませんでした。

色々なことを言ってくるみんなを無視して自分の席までたどり着くと、ランドセルを机に置き、中身を取り出しました。そして、教科書を机の中にしまおうとすると、何かがつまってい て、なかなかしまうことができません。天歌は何だろうと思って、それらのものをおそるおそる引っぱり出しました。するとそれらは大量の紙でした。その紙には何か書かれているようです。ぐちゃぐちゃのその紙を広げてみると、そこには天歌の悪口が書かれていました。赤で書かれたものが多く、黒や青、黄や緑のものもありました。それは天歌を表しているのか骸骨《がいこつ》や幽霊《ゆうれい》、悪魔《あくま》やお化けなどの絵が描いてあるものもあります。そしてそれらは、くしゃくしゃに丸めてあったり、切りきざんであるものや、穴だらけのものまでありました。

天歌は急いでその中の何枚かに目を走らせました。

『嘘つきはドロボーのはじまり』

『転校しろ!　バーカ』

『キモイ、消えて』

『くだらないお絵描きなんてやめれば』

『親がいないからってドロボーするなんて、サイテー』

『死ね』

『さよーなら、天歌ちゃん』
・・・・・・
天歌は目の前が真っ暗になりました。

(死ね? 本当だよ。私なんて生きてる価値すらない。何の役にも立たないし、人に嫌われるだけ。死んだ方がマシなのかも……)

天歌の目からは涙は出ませんでした。涙という温かいものは天歌からは消え失せていました。

天歌はランドセルを背負うと、机の上の紙をわしづかみにして、めちゃくちゃに破り、逃げるように教室から飛び出して行きました。

天歌は泣きながら走り出しました

(今頃、みんな私のことをバカにして、また笑っているだろうな)

校門を後にしてそう考えると、悔しくて我慢できなくなり、熱いものがこみ上げて来ました。

そして、消え失せたはずの涙がどっとあふれて出て来ました。

天歌は泣きながら走り出しました。ランドセルをカタカタ鳴らせて、大声をあげて泣きました。こんなに泣いたのは本当に久しぶりでした。

休むことなく走り続けた天歌は、家の近くまで来ると、急に立ち止まりました。そして、ポケットからハンカチを取り出して涙をぬぐうと、大きく深呼吸をして呼吸を整えました。

無理をして天歌はニッと笑ってみて、笑顔の練習をしました。頬の筋肉がピクピクしているのが自分でも分かりました。

準備が整うと、何事もなかったかのように鍵でドアを開け、大きな声で言いました。

「ただいまー!」

天歌は何かうれしいことがあったときのように笑っているつもりでした。しかし、その笑顔はひきつっていて、目は充血して真っ赤でした。

「ただいまー!」

もう一度、わざと元気よく言ってみましたが、返事がなかったので、天歌はがっかりして、また泣き顔に戻ってしまいました。

(おばあちゃん、体の調子が悪くて寝てるのかな)

ランドセルを下ろすと、天歌は祖母の寝室へ向かいました。

「おばあちゃん、帰ったよ」

天歌は無理して明るい声を出して言いましたが、寝室は空で祖母の姿はありませんでした。

買い物にでも行ったのかな、と思った天歌は、ランドセルを置いたリビングに戻りました。するど、ダイニングテーブルの上に一枚の紙と封筒があることに気づきました。

天歌は、祖母の字で書かれたその手紙を真剣な表情で読み始めました。

『天歌へ
おかえりなさい。学校お疲れさま。

おばあちゃんは、少し体の具合が良くないので病院へ行きます。検査のため、二、三日入院することになりました。でも、大丈夫ですよ。三日分の食事とおやつは冷蔵庫に入っています。もしものときのために、封筒の中に五千円入れておきました。何かあったら使ってね。それでは、病院へ行ってきます。心配はいりません。天歌は元気に生活してください。

おばあちゃんより』

冷蔵庫の中には、レトルトのハンバーグやカレー、焼きそばや冷凍のピラフや炒飯などがたくさん入っていました。台所のテーブルの上には、缶詰めやカップ麺、食パンなどが積んでありました。

それは、二、三日分の食料ではなく、十分に一週間分はありました。それを見て天歌は、祖母が二、三日ではなく、もっと長く入院することが分かり、不安になって来ました。

（おばあちゃんに、もしものことがあったらどうしよう）

そんな悪い予感が天歌の頭をよぎりました。しかし、天歌はそれ以上深く考えないようにしました。

天歌は急に疲れが出たのか、椅子にへなへなと座りこむと、大きなあくびをして、机に突っ伏して眠り始めてしまいました。
・・・・・・

私は死にます

気がつくと辺りは暗くなっていて、窓の外には月が光っていました。

電気をつけ、ふと時計を見ると、七時十一分でした。

（私、こんな時間まで寝てたんだ）

天歌は食欲がありませんでしたが、疲れているので何か食べなくてはいけないと思って、台所へ行きました。そして、好物のハンバーグなら食べられそうな気がしたので、冷蔵庫から取り出してあたためました。

ハンバーグをお皿に盛りつけ、炊飯器からほかほかのご飯をよそいました。

「いただきます」

天歌は小さな声でつぶやくと、ハンバーグを口に運びました。しかし、いつもはおいしいはずのハンバーグが、パサパサしてのどにひっかかる感じがして、なかなか飲みこめませんでした。

それでも無理をして、一応は完食したものの、気分が悪くなってしまい、吐き出しそうになりました。

食べ終わった食器を流しに持って行くと、祖母がいつも使っている、先の鋭くとがった包丁が目に入りました。

（あれなら……、あれなら死ねるかも）

天歌のボーッとした頭に、そんな考えがよぎりました。そして、包丁に手を伸ばし、柄の部分をにぎってみると、持ち慣れていない天歌にはずっしりと重く、しかも刃先は鋭くとがっていて、胸に突き刺せば一度で死ねそうです。

天歌はそのままその包丁の刃先を、自分の左胸に近づけてみました。

すると、心臓の鼓動が急に早くなり、バクバクと大きな音でリズムを刻み始めました。

（この包丁、ずいぶん重くて、先がとがっているけど、本当に切れるのかな。本当に死ねるっていう保障がなくちゃ。ハンパなことはしたくない）

そう思った天歌は、右手に持っている包丁の刃を左手の甲に向けると、軽く傷つけるつもりでサッと引いてみました。その瞬間、傷口がパカッと開いて、真っ赤な血が吹き出て来ました。

（わぁ、この包丁、すごくよく切れる。それより、血の色って何て綺麗なんだろう。絵の具の赤よりずっと綺麗。私の中に、こんなに美しい色があったなんて。私、生きているんだ。こんなにも生きているんだ。私、私……）

天歌の目には涙がうかんでいます。

（よし、覚悟を決めた）

天歌は大きく息を吸いこみ、目を閉じると、包丁の刃を心臓に向けて持ちました。

（ここを刺せば、確実に死ねる）

そう思うと同時に頭がボーッとして、気が遠くなるような感じがしました。

そのとき、天歌の体がゆっくりよろめいたかと思うと、手からは包丁が離れていました。天歌はめまいを起こしたのです。

包丁は天歌の手を離れたかと思うと空中で一回転し、流しの前に倒れた天歌の右足の甲にまっすぐに落ちて、突き刺さってしまいました。

天歌は一瞬、わけが分からなくなり、気を失いかけましたが、すぐに右足に激しい痛みがはしり、頭がはっきりしました。

(痛!)

顔をしかめて痛む右足に触れると、手には大量の血がべっとりとつきました。

(大変、血だらけだ！　とりあえず洗い流さないと……)

そう思って立ち上がりかけた天歌の右足には再び激痛がはしりました。包丁が刺さっていることを忘れ、右足で立ち上がろうとしてしまったからです。結局、右足の痛みに耐えられず、その場にうずくまってしまいました。

「痛ったー」

おそるおそる右足に目をやると、突き刺さった包丁が甲の上でブルブルと震えていて、とても奇妙な光景でした。傷口には赤黒い血のかたまりが包丁の刃にそってこびりついていました。

それは、天歌にとって信じがたいことでした。

(この包丁、抜いた方がいいのかなぁ。血、たくさん出るだろうな)

天歌は痛みをこらえながらも、冷静に考えていました。

(もういいや！　こんなもの、一気に抜いちゃえ！)

そう決意した天歌は、垂直に刺さっている包丁の柄を両手で力いっぱいにぎりしめました。そして目を閉じて息を整え集中すると、お腹に力を入れて、勢いよく引き抜きました。

天歌は泣きました。大きな声をあげて泣きました。痛みと恐怖が混ざった涙が次から次へとあふれます。天歌の声は、赤ちゃんの産声のように大きく響きましたが、不思議なことに誰の耳にも届きませんでした。

散々泣いて、泣き疲れた天歌は、今度は笑い始めました。

「アハハハハ、血が……。ハハハハ、私の血……。ハハハハ、血、血、血の海。ハハハハ」

天歌は左手の甲と右足の甲から流れ出ている血を交互に見ながら、血の海の中で狂ったように笑いつづけました。そこには天歌が引き抜いた包丁が、ぶきみに光っていました。

このとき天歌は言葉で言い表すことのできない恐怖に襲われ、体を震わせていました。少し前まではこの包丁で自分の心臓を突き刺して死のうとしていたにも関わらず、不思議なことに、今では死ぬのが怖くなっていました。

生きていることを確かめたくて、何度も何度も深呼吸をすると、しだいに気持ちが落ち着いてきました。そして、うつろな頭で色々なことを考えました。

（こんなことになったのも、全て「いじめ」が悪いんだ。私は何一つ悪くないのに……。どうしてこんな目に合わなくちゃいけないの。いや、「いじめ」の原因を作り出しているのは私自身なのかも……。私が絵なんて描いていなければ……）

天歌は混乱して、誰を責めたらいいのか分からなくなってしまいました。

そして、最終的に絵を描いた自分が悪いと思いこんだ天歌は、突然立ちあがり、二階の天歌のアトリエに向かいました。

ドン……ドン……ドン……。

左足を使い、けんけんで階段を上ります。

右足を上げて、一段ずつ上っていき、とうとう最後の一段まで到達しました。しかし、すでに天歌の左足は限界に達していました。

ガンッ。

ジャンプが低すぎたのか、上がることができず、着地する瞬間、左足をくじいてしまいました。

それでも天歌はあきらめず、歯をくいしばって、ひざを使って最後の一段を上りきりました。天歌の額には、汗がにじんでいました。血のついた手で汗をぬぐったせいか、汗にはうっすらと血の色が混じっていました。

「もうダメ……」

そんな弱音を吐きながらも天歌は、はうようにしてアトリエに入りました。

天歌は、入口の近くに飾ってある、コンクールで受賞した絵をにらみつけました。

「この絵のせいで……、この絵さえなかったら、私は……」

そう言って、その絵を床に下ろすと、血まみれの手でぐしゃぐしゃにしてしまいました。そして、けがをしている両足で、座ったままふみつけました。

「こんな絵！　描かなければよかった！　こんなもの、こんなもの！」

天歌はかすれた声で叫びながら、痛みをこらえて何度も何度もふみつけました。

そして、めちゃくちゃになった絵を見て、満足そうにほほえみました。

牧場にいる男の人は血みどろで仕事をしています。女の人はレストランで血だらけになって血で皿を洗っています。そして、空に架かった虹は、七色ではなく血の赤一色です。その虹からは血の雨が降っていて、牧場を赤く染めています。夕焼けみたいに空も鮮やかな血の赤で、炎のように燃えています。虹の下に立っている女の子は血の雨をあびて、顔も体も真っ赤で、それなのににっこり笑っています。空にうかんでいる音符は、一つ一つが悪魔のように踊り、ぶきみな音を奏でているのでした。

そのとき天歌には地獄《じごく》の歌が聞こえたような気がしました。天歌をいじめる恐ろしい声が、次々に迫って来ました。ぐわんぐわんと大きな鐘でも鳴っているかのようでした。

『嘘つきはドロボーのはじまり』

『転校しろ！　バーカ』

『キモイ、消えて』

『くだらないお絵描きなんてやめれば』

『親がいないからってドロボーするなんて、サイテー』

『死ね』

『さよーなら、天歌ちゃん』

・・・・・・

（みんなの言うとおりだ。私も歌おう）

『さようなら私、天歌。私は死にます』

そう言った瞬間、天歌は急に体の力が抜け、気が遠くなったかと思うと、床に倒れこんでしまいました。

(現実の私もこの絵と同じだ……)

天歌はそう思ってゆっくり目を閉じると、底なしの深い眠りに落ちて行きました。

・・・・・・

私、星になるの

(あれ、ここはどこだろう。おもちゃみたいに小さく見えるのは、私たちの町?)

気づくと天歌は空を飛んでいました。羽のように両手を広げ、鳥になったようでした。

天歌の魂《たましい》は、肉体を抜け出して、天に昇っていく途中でした。天歌は今、生と死の境をさまよっているのです。

天歌にはそのことが分かっていたので、家族のみんなにお別れを言いに行くことにしました。

はじめは、結婚して東京に住んでする姉のところです。

姉は、赤ちゃんをベビーカーに乗せて散歩していました。

天歌はその姿を見つけると、大声で叫びました。

「お姉ちゃーん、お姉ちゃんが結婚して東京へ行ってしまって、さびしかったけど、これからも家族みんなで幸せにね。それと、私が小さかった頃、たくさん遊んでくれてありがとう。私、お姉ちゃんのこと、忘れないから！」

そう言い終えると、次に天歌はいくつかの町を越え、山へ向かって飛び始めました。

祖父は生きているかどうか分からないと言われていましたが、山小屋のアトリエで、キャンバスに向かって絵を描いていました。

天歌の記憶にある祖父とはずんぶんちがっていて、体がひとまわり小さくなり、髪の毛もひげも真っ白になっていました。

天歌は久しぶりに祖父に話しかけるので少し緊張していました。

「おじいちゃん、私に絵の才能があるのは、あなたのおかげです。本当は私、おじいちゃんに私の絵をいちばん見てほしかった。そして認めてもらいたかった。でも、私はこの才能のせいでいじめられました。もう絵は描きません。さようなら」

そう話し終えると、天歌はぐんぐんスピードを上げ、山を越え、海を渡って父のいる北海道の牧場へ向かいました。

父は牛乳をしぼっていたので、天歌は牛の横に立って、そっと声をかけました。

「お父さん、なんでお母さんと離婚しちゃったのかなぁ。お父さんはきっと自然が好きで、ジャガイモを作ったり、牛を飼ったり、トラクターに乗ったりする農作業を仕事にしたかったんでしょ。自分の好きなことを仕事にしているあなたを誇りに思います。あと、小さい頃、遊園地とか動物園に連れて行ってくれてありがとう。私、お父さんの牧場でお手伝いしてみたかったなぁ。たぶん、毎日がピクニックのように楽しいことでしょうね。じゃあ、さようなら」

父は、天歌の気配に気づいたのか、一瞬手を止め、辺りを見回しましたが、すぐに何事もなかったかのように仕事に戻りました。

天歌は、さらにスピードを上げ、いちばん遠くに住んでいる、ロサンゼルスの母のもとへと向かいました。不思議なことにいくらスピードを上げても全く疲れません。天歌は広々とした空を一人占めして、鳥になったような気分でした。しかし、しだいにさびしさと悲しさが心にこみ上げてきて、涙がこぼれ落ちました。風が正面から吹きつけるので、涙のしずくはこぼれるたびに後ろへ飛ばされて行きました。

ようやく、母が働いているロサンゼルスのレストランに着きました。母は仕事中で、ステーキを運んでいるところでした。天歌は、お店の窓から中をのぞいて言いました。

「お母さん、私、ずっとお母さんと一緒に暮らしたかった。そして、お母さんが作った料理をお腹いっぱい食べたかった。お母さん、何故私を捨ててロサンゼルスに来たの？　英語が得意だったから？　私、お母さんがいてくれたらな、と思うことがたくさんあったんだよ。でも、今さらそんなことを言っても仕方ないね。お母さん、どうして私のことを産んだの？　私、こんなめにあうくらいなら、産まれたくなんかなかった。だから私、今から天に帰ります。さようなら」

天歌の声はかすれて、仕事中の母にはもちろん、誰の耳にも届いていませんでした。

(私って、この広い世界の中で、本当にひとりぼっちなんだな)

そう思うとまたこらえきれない涙があふれて来ました。

(よし、この空の果てまで、どこまでも高く高く、飛んで行こう。もし、途中で力が尽きてしまったら、そこで小さな星になって、さびしく光っていよう)

そう考えた天歌は、ひたすら上へと飛んで行きました。

(そろそろ、空の果てかなぁ)

そう思ったとき、突然、天歌の体は磁石で引きつけられるように下に引っぱられました。そして、いつのまにか天歌の町の見慣れた風景の中に引き戻されたのです。

気がつくと、祖母が入院している病院の上にいました。

「天歌、天歌……」

すると、どこからともなく天歌を呼ぶ声が聞こえます。

(誰かが私の名前を呼んでいる。……この声は、おばあちゃんだ！)

天歌は、祖母の声を聞くと、ふと、祖母にお別れを言っていなかったことに気がつきました。

「おばあちゃん、私をここまで育ててくれてありがとう。たくさん、迷惑かけたよね。本当にごめんなさい。これからは、もう迷惑かけないよ。私、星になるの。夜空の小さな星になって、さびしく悲しく光っているの。だから、私のことを思い出したら、夜空を見上げてね。それじゃあ、さようなら」

天歌は涙をこらえながら、やっとの思いで言い切りました。

「天歌、さようならなんて言うんじゃない。おばあちゃんよりも早く死ぬなんて許さないよ」

天歌の瞳に、涙を流して悲しむ祖母の姿がぼんやりとうかんで来ました。

「おばあちゃん、泣かないで……」

その言葉は、天歌の肉体から出て来ました。

「天歌、天歌、気がついたのかい？」

しかし、天歌はまた目を閉じ、真っ暗な世界へ落ちて行きました。

「天歌、天歌、しっかりして……」

祖母が天歌の体をゆすりながら言うと、天歌は再び明るい光の世界へ呼び戻され、目を開きました。

「天歌、わかるかい。おばあちゃんだよ」

天歌は、まだぼんやりとしか見えない目で祖母の姿を確認すると、黙ってうなずきました。

目じりからは涙が流れています。

「よく頑張ったね。よかった、本当によかった」

祖母が天歌の手をとりうれし涙を流すと、白衣の先生が病室に入って来ました。

「天歌さん、気づかれたんですね」

天歌は二人のうれしそうな顔を見ると、思わずほほえんでしまいました。

「脈が回復しています。血圧も正常です。それに顔色も良いですね」

「ありがとうございます、ありがとうございます」

先生の言葉に、祖母はしきりに頭を下げました。

「私、どうして病院にいるの？　それに、私生きてるの？」

「何言ってるの、生きているから、話ができるんでしょ」

「もう、天国にいるのかと思った」

天歌が言うと、祖母も看護師さんも笑い出しました。

「で、私どうして助かったの？」

天歌が聞くと、祖母は急に真面目な顔になって答えました。

「天歌はね、三日間眠り続けていたのよ。紙山先生が倒れたあなたを発見して、救急車を手配してくれたの」

「紙山先生が？」

天歌が教室を飛び出した後、前園さんと相澤さんの二人は、天歌のことが気になって、いじめの言葉を書いた紙を持って、先生に報告したのです。

「先生、ごめんなさい。私たちはクラス全員で川村さんをいじめていました。川村さんは私の筆箱を盗っていません。あれは伊藤伸子さんに言われてやったことなんです」

「先生、ごめんなさい。私、川村さんが前園さんの筆箱を盗んでいるところを見たなんて言ったのは嘘です。私も伊藤さんに言われて、断ることができませんでした」

泣きそうな顔で謝る二人を見て、先生は、大きなため息をついてから言いました。

「あなたたち二人は真面目だから……。おかしいと思ったわ」

「伊藤さんに、ひどい目にあわせるとおどされて、仕方なくやりました」

「でも、川村さんにあんなひどいことをした私たちも悪いです。断る勇気がありませんでした」

「筆箱は、川村さんがトイレに行っているすきに、私が自分で川村さんのバッグの中に入れました。先生、ごめんなさい」

「ごめんなさい」

前園さんと相澤さんは、泣きながら先生に頭を下げました。

先生は少し考えてから話し始めました。

「そう、わかったわ。あなたたち、二人とも私に知らせてくれてありがとう。だから、泣かなくて良いのよ」

先生に優しい言葉をかけられた二人は、ますます大きな声で泣き出してしまいました。そして、前園さんが泣きじゃくりながら言いました。

「先生、私たち、川村さんのことが心配なんです。川村さんが休んでいる間、クラス全員で、いらない紙に川村さんの悪口を書いて、川村さんの机の中に入れました」

それに続いてまだ泣き止まない相澤さんが言いました。

「それを今朝、川村さんが読んで、ショックを受けて帰ってしまいました」

それを聞いた先生の表情は一瞬にして曇りました。

「それは心配ね。これから職員会議があるけど、それが終わったら川村さんのお家に行ってみます」

それを聞いた二人は少しほっとした表情を見せ、おじぎをして家に帰りました。

紙山先生はその後、会議に出席しましたが、何だか胸さわぎがして嫌な予感がしたので、途中で抜け出して天歌の家へ向かいました。

天歌の家には明かりがついていました。

ピンポーン。

先生がチャイムを押してからしばらくしても返事がありません。そのころ天歌は、絵を血まみれにして、気を失っていました。

ピンポーン、ピンポーン。

チャイムを二度続けて鳴らしても返事がないので、いても立ってもいられなくなった先生は、ドアのノブを回してみました。するとドアは、ガチャリという音とともに何ということもなく開きました。

「ごめんくださーい。天歌さんの担任の紙山でーす」

先生は玄関で大きな声で言いましたが、返事はありませんでした。

「すみませーん。お邪魔しますよー」

先生は、ますます心配になり、靴を脱いで家に上がりました。

まず、リビングへ行き、その奥に続くキッチンに目をやると、先生は、あっと驚いて青くなりました。フロアは血の海で、そこには血のこびりついた包丁が、恐ろしい事件を物語るかのように落ちていたからです。

そして、そこから階段まで血の足あとがついていて、それは二階の天歌のアトリエまで続いていました。

先生は、その足あとをたどり、天歌を発見しました。

「川村さん！　川村さん！　しっかり！　こんなにしてしまって、ごめんなさい！」

血だらけの天歌に必死で声をかけても返事がありません。先生はあわてて天歌の鼻先に手をやり、手首をとって脈をたしかめました。

「あ、息をしている。それに脈もあるわ。川村さん、しっかりして。救急車を呼ぶから」

先生は目を覚まさない天歌を励ますと、すぐに救急車を呼びました。

そして、先生は天歌を抱きあげて、一緒に救急車に乗ってくれました。血だらけの天歌の血がブラウスにべっとりつきましたが、そんなことを気にしている暇などありませんでした。先生は、一秒でも早く天歌を救おうと必死だったのです。

天歌が運びこまれた病院は、偶然にも祖母が検査のために入院していた病院でした。

天歌はそれから三日間、意識が回復せず、いつ死んでしまってもおかしくはない状態でした。

祖母は自分の体の具合が悪いことも忘れて、孫のそばにつきっきりで看病していました。

「天歌、それからね、もう一つあなたに言わなければいけないことがあるの」

祖母は天歌が入院するまでのいきさつを語ると、それに付け加えて言いました。

「天歌が意識を失い、危険な状態になったのは、手と足の傷口からの大量出血のためなの。血がたくさん出て、体内の血液が減りすぎてしまったの。それで血圧が下がって、もう少しで死んでしまうところだったのよ。そのとき、紙山先生がクラスの人たちに連絡してくれてね、天歌と同じAB型の人が、全部で四人集められたの。だから天歌は、その人たちのおかげで命が助かったんだよ。天歌の中には今、その四人の血が流れているんだよ」

「・・・・・・・」

あまりのことに、天歌は言葉を失ってしまいました。

（どうして、みんな……、私なんかのためにここまで……）

天歌は素直に喜ぶことができませんでした。以前、期待していたのに裏切られて、みんなのことを簡単に信じることができなくなっていたのです。それにそれは、先生に強制されて、仕方なく協力しただけかもしれません。それにしても、血をくれた四人が誰なのか天歌には想像がつきませんでした。

本当のことを知りたいのです

天歌が普通の食事ができるようになった日、紙山先生が前園さんと相澤さんを連れてお見舞いに来ました。二人は花束と千羽鶴を持って来てくれました。千羽鶴は、クラスのみんなが折ってくれたのだそうです。

「天歌ちゃん、ごめんなさい」

前園さんと相澤さんは、天歌のベッドの横で頭を下げました。二人は、いつになっても顔を上げませんでした。

天歌はそれに対して、何と答えたらいいのか分からず、困ってしまいました。二人に謝られても、素直に喜ぶことができなかったのです。

そのとき、先生が助け船を出しました。

「二人がどうしても川村さんに謝りたいと言うので、連れて来たの」

「本当にごめんなさい」

二人が謝れば謝るほど、天歌の心のもやもやは、大きくなるばかりでした。

(悪いのは二人じゃないし……)

天歌は本当は許したくありませんでした。しかし、謝る二人を見るうちに、かわいそうに思えてきたのです。

天歌は黙ってうなずきました。

すると二人は、ぱっと笑顔になったかと思うと声を出して泣き出してしまいました。

二、三日すると紙山先生が、クラスのみんなが書いた寄せ書きを持って来てくれました。

先生は、寄せ書きを天歌にわたすと、急にかしこまって言いました。

「川村さん、今まで本当にごめんなさい。あなたへの「いじめ」に気づいてあげることができなくて。それどころか、周りをきちんと見ず、怒鳴ったり、廊下に立たせたり、ドロボーにしてしまったり……。本当に申し訳ないと思ってます。担任として、いや、人間として、深く反省しています。クラスのみんなとも、何度も何度も話し合いました。そして「いじめ」の原因は何だったのか、主犯は誰だったのかを突き止めました。みんなも、反省しているようです。こんなにひどい目にあわされて、簡単に許すことはできないかもしれません。でも、退院して、心も体も元気になったら、学校へ来て下さい」

先生は、涙声で話し終えました。天歌は、そんな姿の先生を見たのははじめてだったので、心を動かされました。そして、クラスのみんなのことも、信じてみようかな、と思いました。

伸子をのぞいて。

先生が持って来てくれた寄せ書きには、伸子の名前だけがありませんでした。だから、天歌は伸子のことだけは何があっても許さない、と心に決めました。

「ところで、私に血をくれた四人って、誰なんですか」

天歌がいちばん知りたかったことです。

「ごめんなさい。それは私の口からは言えません。口止めされているので」

先生が悲しそうに答えると、天歌はがっかりしてしまいました。しかし、あきらめようとはしませんでした。

「お願いです、教えて下さい。私が今、生きているのは誰のおかげなんですか？　先生にとっては軽いことでも、私にとってはすごく重要なことなんです。お願いします」

「・・・・・・」

「私に血をくれたのは同じクラスの四人の人なんですよね」

「それは……」

「先生、お願いです。教えてくれないのなら、もう私、学校へは行きません」

「そんな……」

「本当のことを知りたいのです。そして、その人にお礼を言いたい」

「でも……」

先生を困らせた天歌は、それでもあきらめませんでした。

「それでは一人だけ、一人だけでいいので教えて下さい」

天歌に押されて、先生は渋々口を開きました。

「……そこまで言うなら仕方ありませんね。実は、私が川村さんに血が必要だと知ったとき、生徒たちの保健カードから、あなたと同じＡＢ型の人を探して連絡したんです」

天歌はかたずをのんで、話を聞きます。

「そして、最初に返事をくれたのは……」

天歌は緊張が高まり、手汗をかいていました。

「伊藤伸子さんです」

「え⁉」

先生の予想外の答えに、天歌は目をまるくして驚きました。

(そういえば伸子の血液型はＡＢ型だった)

天歌は伸子と仲が良かった頃のことを思い出しました。二人は血液型が同じだから、気が合うのかもしれない、という会話をしたのです。

(それにしてもいちばん最初に申し出てくれた人が伸子だったなんて……)

天歌はあまりの真実に、言葉が出て来ませんでした。

先生は、それ以上何も質問されたくなかったのか、病室を出て行ってしまいました。

先生の足音が遠ざかって行くと、天歌の胸には温かいものがこみ上げて来て、涙となりました。

天歌は、心配させたくないがために、人前で泣くことはありませんでした。しかし今は、他の患者さんもいる病室で、声をあげて泣いていました。心配そうな顔をしている人もいましたが、今回ばかりはそんなことも気になりませんでした。

天歌は、今すぐ伸子にお礼が言いたいと思いました。そして、早く良くなって、少しでも早く学校へ行こうと決意しました。窓からは、強い陽が射しこんでいました。

学校へ行ってみようかな

そんな思いが強くなったせいか、天歌の手と足のけがは、みるみるうちに回復し、体力もどんどんついてきました。そしてついに、退院の許可がでました。

天歌のけががとともに祖母の体調も良くなっていき、一緒に退院することになりました。

「先生、大変お世話になりました。ありがとうございました」

天歌は祖母とともに、深々と頭を下げました。

「天歌さん、今回のことでこりたとは思いますが、これからはもう、こんなことはしないでください。絶対にですよ。命は一つしかありませんから」

「はい、もうこんなこと、こりごりです。二度としません」

主治医の先生にそう言われ、天歌はこれからは、もっと自分を大切にしようと思いました。

祖母と一緒に帰路に着いた天歌は、入院からわずか二週間しか経っていないのに、全てをなつかしく感じました。

(外の空気は新鮮で、風が気持ちいいな)

天歌は知らず知らずのうちに笑顔になっていました。

久しぶりに家に帰ると、家の中がきれいになっていました。入院中、一時帰宅を許された祖母が、きれいにそうじしておいたのです。

台所は、ピカピカに磨かれていて、包丁も新しいものに買い替えてあります。

二階に続く階段も、天歌のアトリエも血の色一つ残らず、きれいになっていました。

天歌の血で描かれた絵は、捨てられていました。天歌は、その代わりになる絵を描いて、また壁にかけることにしました。コンクールに入賞することや、有名になることは、天歌にとってもうどうでもいいことでした。

退院して、家に帰ってからも天歌の体の調子はどんどん良くなっていきました。体育はまだ無理ですが、それ以外の授業には出られそうでした。

(明日は月曜日だし、学校へ行ってみようかな)

そう決心した天歌は、前の晩、時間割を見て、教科書とノートをランドセルにつめました。

そしてその日は、少し早めに眠りにつきました。

私、生きていてよかった

天歌が目覚めると、空気がさわやかでした。もう、今日は始まっていました。

天歌はゆっくりと身じたくをして台所へ行くと、祖母が朝食の準備をしていました。トースターからは、パンを焼く香ばしい匂いがただよっています。

「おばあちゃん、おはよう。お腹すいた」

「おはよう。すぐに食べられるよ」

天歌がお腹を鳴らしながら言うと、祖母は手際よくフライパンを動かしながら言いました。

朝食の献立は、ツナトースト、ハムエッグ、それにミルクティーです。どれも、天歌の好きなものでした。

「いただきまーす」

こんなに食欲があるのは、久しぶりでした。

「天歌、何だかはりきっているね。何か良いことが起きるかもしれないよ」

うれしそうに朝食を食べている天歌に祖母が話しかけました。

「うん、何だか今朝は気分が良くて、すがすがしいの」

天歌はあっという間に完食し、最後にミルクティーを飲み干しました。

「ごちそうさまでした」

食べ終わって一息つくと、時計は七時十五分になっていました。天歌は、少し早いですが学校へ行くことにしました。ランドセルを背負い、玄関まで行くと、いつも履いているお気に入りのスニーカーを履き、靴ひもをキュッと結び直しました。けがをした右足にはまだ包帯が巻かれたままでしたが、上に靴下を履いているので、少しも目立ちませんでした。左手の包帯はとれましたが、傷は生々しく残っていました。

「天歌、もう行くの？　大丈夫？　一人で行ける？」

心配になった祖母が声をかけました。

「うん、大丈夫。足のことを考えて、ゆっくり歩こうと思って。じゃあ、行ってきます」

天歌が明るくそう言ったので、祖母はほっとして天歌を送り出しました。

天歌は、まだ誰も通っていない道を、一歩一歩、確かめるようにふみしめ、学校へ向かいました。

（こんなに落ち着いた気持ちで学校へ行くのは、久しぶりだな）

前は見慣れた風景だったのに、天歌の目には何もかもがなつかしく、新鮮に映っていました。

学校が見え始めると、天歌は走りたくなりましたが、それをぐっとおさえてゆっくりと歩きました。

しかし、途中で天気があやしくなり、ポツリポツリと雨が降り始めました。

雨はだんだん強くなり、天歌の服も色が変わり始めていました。

（どうしよう。この雨じゃ、学校へ行くまでにびしょぬれになっちゃう）

天歌は、アーケードの下に入って雨が弱くなるのを待つことにしました。

すると、天歌の前に自転車が止まりました。それは、カッパを着た祖母でした。

「天歌、傘を持って来たよ。ぬれるから、さして行きなさい」

祖母は自転車から下りると、天歌に傘をわたしました。

「ありがとう、おばあちゃん」

そのとき天歌は、祖母が買い物に行ったとき、雨が降り出して、傘を届けたことを思い出しました。

傘のおかげでぬれずに学校に着くと、七時四十分でした。天歌は足をかばいながら、ゆっくり歩いて来たので、いつもより時間がかかってしまいました。

玄関の傘立てに傘を置き、包帯の上に靴下を履いた右足を押しこむようにして上履きに履きかえると、ゆっくりと手すりにつかまって、階段を上り始めました。途中、同じクラスの男子が階段をかけ上がり、天歌を追い越して行きました。天歌は声をかけてみようと思いましたが、そこまでの勇気は出ませんでした。

「おはよう」

すると、階段をかけ上がる男子はくるりとふり返って天歌に言いました。

「……お、おはよう」

驚きを隠せない天歌でしたが、とまどいながらもあいさつを返しました。

その男子は、急いでいるのか階段を一段飛ばしで上って行きました。

天歌は気持ちが整理できないまま階段を上りきり、教室にたどり着くと、教室に一人、伸子がいるのが見えました。

（入りづらいなぁ）

天歌は教室に入るのをためらっていましたが、ようやく決心して教室に足をふみ入れました。できるだけ目を合わせないように、静かに入りました。

そのときです。

「天歌……ちゃん、おはよう」

二人の間の張りつめていた空気を破るように声を発したのは伸子でした。

（え⁉　今のは伸子？）

天歌はドキッとしました。まさかとは思いましたが、伸子から声をかけてきたのです。

「お、おはよう」

天歌は緊張して、うまく笑顔がつくれず、しかも不自然な声になってしまいました。

すると、伸子が急に椅子から立ち上がったので、天歌は一瞬ひるんでしまいました。

伸子は涙声で言いました。

「天歌ちゃん、ありがとう。もう、私とは口を聞いてくれないんじゃないかって思っていたから……」

伸子は一言一言を丁寧に話します。

「本当にごめんなさい。私、天歌ちゃんがどんどん有名になって、離れていってしまうのが怖かったの。だからって、こんなことをしていいはずはないと分かっていたのに……。本当にごめんなさい」

仲子が泣きながら話すので、天歌もつられて泣きそうになってしまいました。

「仲子、ごめんね。悪いのは私なの。私、絵を描くことに夢中になっていて、親友をほったらかしにしていたなんて、最低だよね。本当にごめんなさい。こんな私のこと、許してくれる？」

必死で涙をこらえている天歌に対して、仲子はさっきから、涙が流れっぱなしです。

「ちがうよ、悪いのは私だよ。正直、私は天歌に嫉妬していたんだ。絵が上手なのをみんなにほめてもらえて、新聞とか雑誌にも出て、何で天歌ばっかりって思って……」

教室にはまだ、天歌と仲子の二人だけしかいませんでした。

天歌は泣きじゃくる仲子を見て、言わなければいけない大事なことを思い出しました。

「仲子、私に血をくれたんだよね。ありがとう。仲子が私と同じ血液型で本当によかった。私、仲子のおかげで命が助かったんだよ。本当にありがとう」

「え？　天歌ちゃん、どうしてそのことを知っているの？」

仲子はあわてて言いました。

「紙山先生から聞いたの」

「紙山先生から？　そんなはずはないよ。だって、絶対に天歌には言わないで、って約束したんだから」

「私がそれを無理に聞き出したの。でも、どうして私に知られたくなかったの?」

「だって、天歌に私の血が流れていることを知ったら、いやがるんじゃないかと思って」

「そうだったの……。でも、そんなことない。私の中に、仲子の血が流れていると思うと、すごくうれしい。最高にステキ!」

「天歌、私、天歌のことといじめていたけど、天歌が死んじゃうかもしれないって思ったとき、天歌が助かるなら私の血をぜんぶあげてもかまわないって思ったよ」

「仲子、ありがとう。私、仲子がそんなに私のことを思ってくれていたなんて、全然知らなかった。ごめんね」

仲子は首を振って答えました。

「ううん、天歌ちゃんが謝ることはないよ。私、天歌ちゃんが死んじゃうかもしれないって知らされて、いちばん大切な友達に、何てことをしてしまったんだろう、ってはじめて気づいた。私、本当にバカだった」

「私たち、本当にバカ同士かもしれないけど、これからは、もっともっと仲良くなれるような気がするよ。だって、同じ血が流れているんだもの」

「天歌ちゃん……」

仲子はそうつぶやくと、大声をあげて泣き出してしまいました。

「仲子、一つ聞きたいんだけど、私に血をくれた、残りの三人って誰？」

「実は、その三人にも口止めされているんだけどね、言っちゃうよ。前園さんと相澤さんだよ。二人もAB型なんだって」

「えー、あの二人が。この前会ったけど、そんな様子、少しもなかったよ」

仲子の口から意外な二人の名前が出たので、天歌は驚いてしまいました。

「で、あと一人がO型の男子なんだけど……」

「男子？」

天歌には思い当たる人がいました。

「仲子、その男子ってもしかして渡辺君《わたなべ》？」

すると仲子は目をまるくして言いました。

「そう！　あれ？　天歌、なんでわかるの？　もしかして、先生から聞いた？」

「さっきね、教室に来る途中、階段のところであいさつされたから、もしかしたら、って思ってね」

「渡辺君って、天歌のこと好きなのかも……」

「まさかぁ、伸子ったら変なこと言わないでよ」

二人は顔を見合わせて笑いました。

外の雨は、いつのまにか止んでいて、教室の窓からまぶしい光が射しこんでいました。

しだいに廊下が騒がしくなり、教室には生徒が何人か入って来ました。

「おはよう」

まだチャイムは鳴っていませんが、紙山先生が入って来て声をかけました。先生は、以前よりも表情がやわらぎ、優しい印象になりました。

「おはようございます、先生」

天歌と伸子が声を合わせて笑顔で言いました。

「あら、二人とも仲直りしたのね。きっかけは?」

二人は顔を見合わせてから言いました。

「あいさつです!!」

二人がそう言った瞬間、校内放送が入りました。放送委員の渡辺君です。

「おはようございます。今日も楽しい一日が始まりました。今、雨が止んで南の空に大きな虹が出ていて、とても綺麗です。今日も一日、元気ですごしましょう」

放送を聞いて、窓の外を見ると、雨が止んだばかりの晴れた空に、大きな虹が架かっていました。

天歌のとなりには伸子、その後ろには紙山先生、そしていつのまにかやって来た、前園さんと相澤さん、それに教室中のみんなが、天歌を中心に空の虹を見上げていました。

それは、天からの贈り物のように美しく七色に輝いていました。

天歌はこのときこの虹をしっかり心に刻んでおこうと思いました。そして、今日、このときクラスのみんなと見たこの虹を、いつか絵に描いてみたいと思いました。

その虹は、しばらくの間消えることなく、太陽の光を受けて、キラキラと輝いていました。

天歌はそのとき、天からの不思議な歌を聞きました。おそらくそれは、天歌が生まれたときに母が聞いたと言われる歌でしょう。きっと、それは天歌が生まれたことを祝福するための、天からのプレゼントだったのかもしれません。

天歌は傷を負っている左手の人差し指で虹をなぞりました。

（私、生きていてよかった。生まれてきてよかった）

天歌は、「虹の歌」を聞きながら、心からそう思うことができたのでした。


—　おわり　—

あとがき

宮下木花

青はとても魅力的な色だと思います。

あるパン屋のおじさんにとっては、おいしいパンが焼ける晴れ空の色。

ある少年にとっては、おじいちゃんにもらったミニカーの色、はじめて見た思い出の海の色。

そして、絵を描くことが好きなある少女にとっては、虹の七色をのせるキャンバス。

どれもちがった青だけど、その三つの色がこの本の中で響きあい、ハーモニーを奏でていると思います。

「おひさまパン」は、太陽の光でパンを焼き、人々を幸せにするパン屋のおじさんのお話です。読んでくださった方は、パンが食べたくなるかもしれません。

「海色タクシー」は、少年の夏の一日を描きました。私は水族館が好きなので、こんなタクシーがあったら乗って、海の中の魚を近くで見てみたいです。

「虹の歌」は、今、社会問題になっているいじめをテーマに書きました。

この物語は私の実体験を基に書いたと思われるかもしれませんが、そうではなく、すべてフィクションです。

私はこの数年間、いじめについて考え、何度もこの作品を書き直しました。小五のときにこの作品を書き始め、最初は原稿用紙12枚、次に17枚、さらに64枚、削って40枚、加筆して101枚にしました。そして高三の秋に完成したので、七年かかったことになります。（後で献血は16歳以上でないとできないことを知りましたが、これはすべてフィクションであり、メルヘンですので、このままにさせていただきました。）

三年間ご指導いただいた埼玉県立本庄高校の校長先生、担任の増田稔先生をはじめとする先生方、私と仲良くしてくれるお友達の皆さんに心から感謝いたします。

それから、第10回グリム童話賞中学生以下の部優秀賞受賞作品の「おひさまパン」を、この本に掲載することを許可してくださった「一般財団法人グリムの里いしばし」理事長の伊澤敬一郎さんにお礼を申し上げます。

そして、今回も銀の鈴社の編集長の柴崎俊子さん、代表の西野真由美さん、西野大介さん、他スタッフの皆様に大変お世話になりました。

今まで私の作品を読んでくださり、あたたかい言葉を寄せてくださった読者の皆様、今、この本を読んでくださっている皆様に深く感謝申し上げます。

ありがとうございました。

皆様の心に青空が広がりますように。

作者紹介

宮下木花（みやした　このか）
一九九五年（平成七年）三月十五日生。群馬県藤岡市在住。
現在　埼玉県立本庄高校三年生（17歳）。

小学校一年生（6歳）の頃から童話を書き始め、四年生（9歳）から児童文芸ペンクラブの会員となり、石井由昌氏主宰の『童話のポケット』に作品を多数発表。

六年生（11歳）、童話集『ひとしずくのなみだ』を銀の鈴社より出版、作家デビュー。

中学校一年生（12歳）、童話集『いちばん大切な願いごと』を同じく銀の鈴社より出版。

二年生（13歳）、同童話集により、第46回群馬県文学賞（児童文学部門）最年少受賞。

三年生（14歳）、「おひさまパン」で、「一般財団法人グリムの里いしばし」主催　第10回グリム童話賞（中学生以下の部）優秀賞受賞。

初出

・おひさまパン
第十回『グリム童話賞入賞作品』集
主催　一般財団法人グリムの里いしばし
二〇一〇年（平成二十二年）二月六日発行。

・海色タクシー　　未発表。

・虹の歌
『童話のポケット』第72号
二〇〇八年（平成二十年）五月一日発行。
第三稿64枚の作品。

NDC 916
宮下木花　作
東京　銀の鈴社　2013
116 P 21 cm（虹の歌）

鈴の音童話
定価＝一、二〇〇円＋税

虹《にじ》の歌

二〇一三年三月三日　初版
作・絵――宮下木花©
発行所――㈱銀の鈴社　http://www.ginsuzu.com
発行人――西野真由美
〒248－0005神奈川県鎌倉市雪ノ下三－八－三三
電　話　0467（61）1930
FAX　0467（61）1931
〈落丁・乱丁本はおとりかえいたします〉

ISBN 978-4-87786-645-7 C8393

印刷・電算印刷　製本・渋谷文泉閣

正誤表

・109頁7行目

（誤）「で、あと一人がＯ型の男子なんだけど……」

（正）「で、あと一人が男子なんだけど……」

右、『虹の歌』本文中に誤植がありました。お詫びして訂正します。

銀の鈴社